KB060118

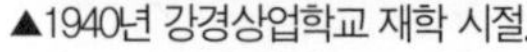

▲1940년 강경상업학교 재학 시절.

▲1946년 무렵 강경상업학교 친구들과 함께. 가운데가 박용래 시인.

◀1955년 12월 이태준 여사와의 결혼식.

▲1960년 후반 대전의 어느 시낭송회에서.

▲1968년 대전 오류동 자택 화단 앞에서. 앞줄 왼쪽부터 첫째 박노아, 둘째 박연, 셋째 박수명, 뒷줄 박용래 시인, 넷째 박진아, 이태준 여사.

▲1969년 시집 『싸락눈』 출판 기념 회식 자리에서.

▲1970년 9월 제1회 현대시학작품상 시상식에서.

▲한국시인협회 시 낭송 대회에서.

▼1971년 공동시집 『청와집』 발간 기념 사진. 뒷줄 왼쪽부터 한성기, 임강빈, 홍희표, 신정식 시인, 앞줄 왼쪽부터 조남익, 최원규, 박목월, 박용래 시인.

▲박목월 시인 자택에서 박재삼 시인과 함께.

▲조각가 최종태가 그린 박용래 시인의 초상.

▲1971년 오류동 자택 화단에 만발한 수국과 함께.

▲1970년대 후반 오류동 자택에서 이태준 여사, 막내아들 노성과 함께.

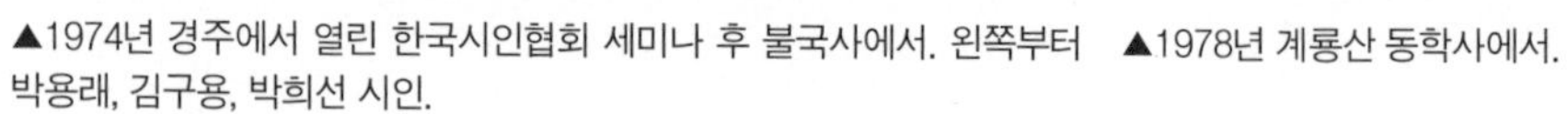

▲1974년 경주에서 열린 한국시인협회 세미나 후 불국사에서. 왼쪽부터 박용래, 김구용, 박희선 시인.

▲1978년 계룡산 동학사에서.

▲1978년 오류동 자택 서재에서.

▶1980년 11월 23일 충남 대덕군 산내면 천주교 공원 묘지에서 열린 박용래 시인의 영결식.

◀1980년 12월 29일 한국문학작가상 시상식. 작고한 박용래 시인을 대신해 부인 이태준 여사가 수상했다. 시상자는 소설가 김동리, 뒷줄은 왼쪽부터 김구용, 박양균, 구상 시인.

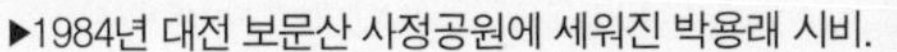
▶1984년 대전 보문산 사정공원에 세워진 박용래 시비.

▲박용래 시인의 묘비.

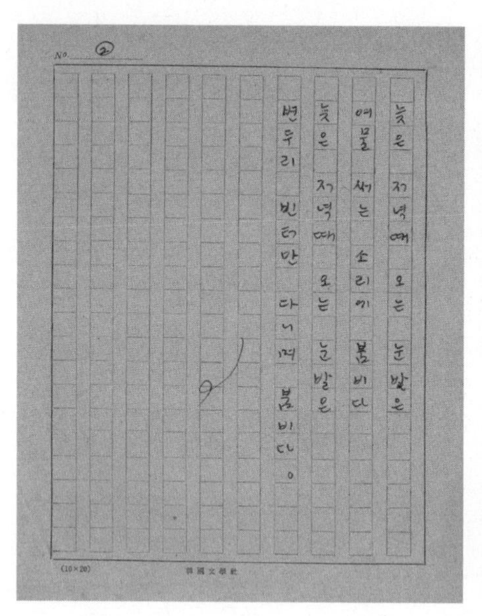
No. ②

늦은 저녁때 오는 눈발은
여물 써는 소리에 붐비다
늦은 저녁때 오는 눈발은
변두리 빈터만 다니며 붐비다。

(10×20)

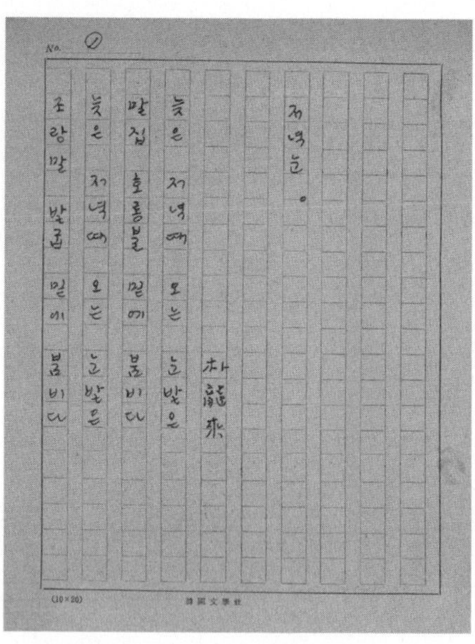
No. ①

저녁눈。

朴龍來

늦은 저녁때 오는 눈발은
말집 호롱불 밑에 붐비다
늦은 저녁때 오는 눈발은
조랑말 발굽 밑에 붐비다

(10×20)

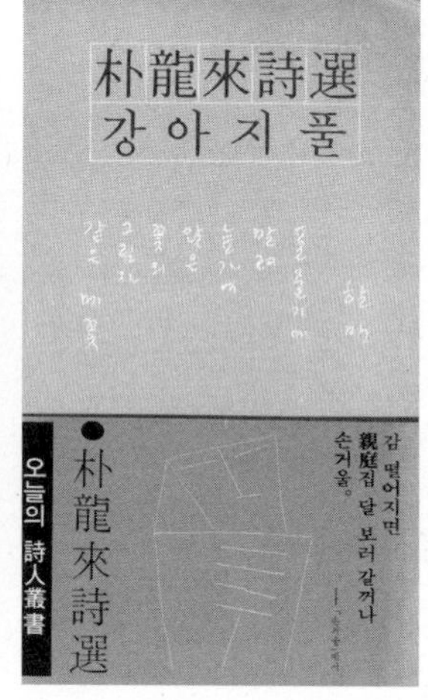

▲시인의 육필 원고와 생전에 출간된 시집들.

박용래 산문전집

박용래 산문전집

고형진 엮음

문학동네

일러두기

· 박용래 시인이 생전에 발표한 산문을 내용에 따라 3부로 나누어 싣고, 가족과 문인, 예술가 들에게 보낸 편지를 4부에 실었다.
· 본문의 표기는 현행 맞춤법을 따르되 시인 고유의 어감이 담긴 표현은 원래 표기대로 두었다.
· 한자는 한글로 표기하되 필요한 경우 병기했다.

차례

2부 시론

3부 단상

4부 편지

박용래 산문의 성격과 산문전집의 체제

고형진

박용래가 처음으로 쓴 산문은 『현대문학』 1956년 4월호에 실린 당선 소감이다. 시인들의 당선 소감문이 대체로 문학적이기는 하지만, 박용래의 이 글은 단순히 문학적인 정도가 아니라 마치 산문시를 방불케 한다. 그는 이 소감문에서 의례적인 감사 인사는 빼고 지금까지의 자기 삶과 내면을 네 개의 시적 이미지로 그리고 있다. 이 글에는 '수중화'라는 제목까지 붙어 있어 당선 소감문이 그대로 한 편의 작품이 되고 있다.

그는 등단 후 줄곧 시만 쓰다 십사 년이 지난 1970년 2월 『충남문학』 6집에 「단상」이라는 산문을 발표한다. 한국문인협회 충남 지부의 기관지인 이 잡지의 해당 호는 특별한 기획란 없이 시, 소설, 수필, 비평, 네 가지 장르 구분 아래 여러 문인들의 작품들을 실었는데, 박용래는 수필 장르에 초대된 것이다. 박용래의 이 산문 역시 마치 시와 같아 다른 수필들 사이에서 단연 광채를 발한다. 한적하고 평화로운 시골 풍경에 대한 묘사로 출발한 이 글은 곧바로 고흐의 그림을 자연스럽게 오버랩시키며 고흐의 예술과 삶에 대한 성찰로 나아가고, 마지막으로 고흐의 그림을 묘사하면서 글을 맺는다. 잘 짜여진 시적 구성을 갖춘 이 산문에서 우리는 시적인 향기와 함께 예술에 대한 박용래의 깊고 예리한 생각을 접하게 된다.

박용래는 「단상」 이후 몇 편의 산문을 더 발표하다 1971년 9월 『현대시학』에 본격적으로 산문을 연재한다. 이듬해 6월까지 총 10회에 걸쳐 '호박잎에 모이는 빗소리'라는 제목으로 연재된 이 산문에서 그는 자신의 삶의 자취와 문학적 여정을 진솔하게 돌아본다. 대전 오류동 집 텃밭의 운치 있는 풍경에서 비롯된 제목이 드러내듯, 그는 이 산문에서 시적인 진술과 구성을 한껏 구사한다. 자신의 생애를 회고하는 산문은 흔히 사실을 전달하는 전기문이 되기 쉽지만, 그는 시적인 묘사와 이미지의 함축이 가득하고 운율이 넘실거리는 글로 자신의 지난 삶을 전한다. 특히 이 산문은 줄글이 아니라 시처럼 행갈이가 되어 있어 산문과 산문시 사이에 위치한 장르로 보이기도 한다. 이 연재 산문은 사 년 후인 1976년 7월부터 『문학사상』으로 지면을 옮겨 그해 12월까지 6회를 더 이어가 총 16회로 마무리되었다.

『현대문학』 당선 소감문을 제외하면 박용래가 산문을 발표한 기간은 1970년 2월부터 그가 사망한 1980년 11월까지 약 십일 년간이다. 등단 후 오랫동안 오직 시만 쓰던 그가 산문을 활발하게 발표하기 시작한 것은 시인으로서 그가 얻은 유명세 때문이었다. 그는 1969년

6월 첫 시집 『싸락눈』을 출간하며 자신의 이름을 문단에 뚜렷이 알렸고, 이듬해인 1970년 6월에 제1회 현대시학작품상을 수상하면서 일약 문단의 스타로 떠올랐다. 수상작 중 하나인 「저녁눈」은 시단의 유명작이 되었고, 일반 독자들에게도 널리 알려지게 되었다. 박용래의 자제들에 의하면 현대시학작품상을 수상한 이후 한동안 시인의 집 우편함에 독자들이 보낸 편지가 차고 넘쳐서 마당에 수북이 쌓이곤 했다고 한다. 그가 이 무렵 『현대시학』에 산문을 일 년 가까이 연재하기 시작한 것도 이러한 그의 유명세에서 비롯된 일이다. 그는 그후 각종 문예지에서 시인들을 대상으로 한 산문 기획이 꾸려질 때마다 청탁을 받게 된다. 「벼이삭을 줍듯이—나의 시적 편력」 「시의 제1행을 어떻게 쓰는가」 「시의 마무리를 어떻게 하는가」 「상처 속의 미美—무엇을 쓰고 있는가?」 「강아지풀—가장 사랑하는 한마디의 말」 등의 산문이 모두 그렇게 발표된 것이다. 시인이 어떤 계기로 시를 쓰게 되었고, 어떻게 시를 써나가고 있으며, 가장 좋아하는 시어는 무엇인지 등 독자들이 궁금해하는 시인의 생활과 창작 경험에 대한 질문을 요청하는 자리마다 박용래의 이름이 빠지지 않았던 것이다. 그는 이런 물음에 대답할 때도 문학성 짙은 시적인 언어를 구사하곤 했다. 가령 '시의 마무리를 어떻게 하는가'라는 문예지의 질문에 다른 시인들은 모두 긴 줄글로 자신의 생각을 설명한 데 반해 박용래는 "평행선은 싫다, 나의 종終은. 언제나 원圓이고 싶다"라는 단 한마디로 응답했다. 물론 이는 다소 극단적으로 축약한 경우이지만, 다른 산문에서도 박용래는 언제나 군더더기를 걷어내고 처음부터 끝까지 팽팽하게 긴

장된 언어를 사용하였으며, 문학적 상상력을 최대치로 발휘하였다. 그에게 산문은 다른 형태의 시였다.

시인으로서 대중적인 인기를 얻은 그는 문예지뿐 아니라 대중잡지나 신문으로부터도 산문 청탁을 받곤 했는데, 그런 지면에 실린 산문은 좋아하는 색, 꽃, 노래, 계절, 예술가들에 대한 생각과 감정 등 일상인으로서 그의 취미나 관심사를 드러내는 것이 많다. 그를 통해 우리는 그의 시의 바탕이 된 생각과 감정의 편린을 엿볼 수 있다. 그런데 이런 산문에서도 그는 자주 문학작품의 한 구절 또는 유명한 예술가들의 경구를 인용하거나 읽을 만한 책을 소개하곤 했다. 일상적인 삶에 대한 글을 요청받은 자리에서도 사사로운 신변잡기만을 나열하는 글보다는 문학과 예술에 관한 지적 자극을 제공하는 글을 써내고자 한 것이다.

그 가운데 「선비 기질의 풍류 음식」이란 글은 다른 산문과 비교해 다소 이색적이어서 눈길을 끈다. 이 산문은 충청도의 토속 음식을 소개하는 글이다. 그는 충청도의 토속 음식을 채소, 해산물, 과일, 술, 밑반찬과 고명 등으로 세분하여 각종 별미의 맛과 조리 방법까지 자세하게 설명한다. 부여의 우여회, 아산만의 숭어회, 백마강의 가물치, 강경 황산나루터의 메기탕, 당진의 농어탕, 금강의 잉어와 연산의 황계 등 충청도의 지역별 특산 음식은 우리나라의 자연과 이를 바탕으로 발전해온 음식 문화의 특성을 생생히 전해주며, 지역의 음식 문화에서 비롯된 민요 등의 전통문학을 함께 음미함으로써 그의 음식 기행은 풍류의 멋까지 드러낸다.

박용래의 산문에는 시 작품과 관련된 대목이 많다. 박용래 산문의 이러한 상호 텍스트성은 자신의 작품과 연관되어 나타나기도 하고, 다른 시인의 작품과 연관되어 나타나기도 한다. 먼저 박용래 자신의 시 작품과 산문이 이어진 사례 한 가지를 살펴보자.

(1)

밖에는 제법 눈발이라도 치는지, 창호지 문살이 희뿌연하다.

식구들은 일찍이 잠자리에 들고 벙어리장갑을 풀었다 떴다 하던 둘째 딸, 연이도 어느새 잠이 들었다.

이불자락을 차 던지며 자는 연이는 지금쯤 무슨 꿈을 꿀까. —커서 제 딴엔 화가가 되겠다지만, 그림을 그릴 때, 상기되는 너의 능금 볼이 아빠는 제일 좋다만, 어찌 험난한 예술의 길이 하루아침에 이루어지랴. 아빠는 기뻐할 수도 없다.

눈은 얼마만큼 쌓였는지. 방안까지 훤하다. 이따금 부엌에서 서생원이 달그락거리는 그릇 소리에 밤은 더욱 깊어만 가고 사위는 죽은 듯이 고요하다.

이런 밤엔 불현듯 귀뚜라미 소리도 그리워진다. 겨울에도 귀뚜라미는 울까, 귀뚜라미는 운다.(「호박잎에 모이는 빗소리 7—장갑」)

(2)

첩첩 산중山中에도 없는 마을이 여긴 있습니다. 잎 진 사잇길 저 모랫둑, 그 너머 강江기슭에서도 보이진 않습니다. 허방다리 들어내면 보이는 마을.

갱坑 속 같은 마을. 꼴깍, 해가, 노루꼬리 해가 지면 집집마다 봉당에 불을 켜지요. 콩깍지, 콩깍지처럼 후미진 외딴집, 외딴집에도 불빛은 앉아 이슥토록 창문은 모과木瓜빛입니다.

기인 밤입니다. 외딴집 노인老人은 홀로 잠이 깨어 출출한 나머지 무우를 깎기도 하고 고구마를 깎다, 문득 바람도 없는데 시나브로 풀려 풀려 내리는 짚단, 짚오라기의 설레임을 듣습니다. 귀를 모으고 듣지요. 후루룩 후루룩 처마깃에 나래 묻는 이름 모를 새, 새들의 온기溫氣를 생각합니다. 숨을 죽이고 생각하지요.

참 오래오래, 노인老人의 자리맡에 밭은 기침소리도 없을 양이면 벽 속에서 겨울 귀뚜라미는 울지요. 떼를 지어 웁니다, 벽이 무너지라고 웁니다.

어느덧 밖에는 눈발이라도 치는지, 펄펄 함박눈이라도 흩날리는지, 창호지 문살에 돋는 월훈月暈.

—「월훈月暈」 전문

(1)은 『현대시학』 1972년 3월호에 발표된 산문의 한 대목이다. '창호지에 내리치는 눈발'은 이 글의 핵심 이미지이다. 문 밖에서 내리치는 눈발에 창호지가 마치 조명을 받은 듯 희뿌옇게 빛나고 그 빛이 방 안까지 훤히 밝히는 장면은 이 글의 주조음을 이루는 겨울밤 방안의 정취를 환기시키는 데 결정적인 역할을 한다. 그 빛이 맑고 고요한 겨

울밤의 분위기를 전해주는 시각적 이미지라면 마지막 대목의 '귀뚜라미 소리'는 그것을 음악적으로 전해주는 청각적 이미지이다. 이 두 가지 이미지는 『문학사상』 1976년 3월에 발표된 (2)의 시 「월훈」에 고스란히 이어져 시적으로 승화된다. 마찬가지로 겨울밤의 정취를 드러내는 이 시의 후반부에 '창호지 문살에 내리치는 눈발'의 이미지가 그대로 사용되고 있으며, 곧이어 그것이 '월훈', 즉 달무리에 빗대어져 한층 심화된 이미지로 제시된다. 산문에서 구사된 '귀뚜라미 소리' 역시 겨울밤에 이어지는 노인의 밭은 기침소리에 이어 울려퍼짐으로써 인간과 자연이 교감하는 아름다운 교향악으로 승화되고 있다.

박용래의 산문에는 자신의 시 작품뿐 아니라 다른 시인들의 시들도 자주 차용되는데, 그중에서 가장 눈길을 끄는 대목 하나만 보면 다음과 같다.

(1)

저승에서도 비는 올 것이다. 버들꽃은 흩날리고 아카시아도 빠끔히 폈으리라. 저승의 아카시아꽃에서도 개비린내는 날까, 물쿤.(「호박잎에 모이는 빗소리 11—휘파람 · 가마 · 독백 · 초록 비」)

(2)

아카시아들이 언제 흰 두레방석을 깔었나
어데서 물쿤 개비린내가 온다

—백석, 「비」 전문

(1)은 『문학사상』 1976년 7월호에 실린 「호박잎에 모이는 빗소리 11」 가운데 '초록 비'라는 소제목으로 쓰인 산문의 마지막 부분이다. 인용한 대목의 앞에서 박용래는 버들꽃이 흩날리고 녹음이 짙어가는 5월의 비 내리는 풍경을 그리고 있으며, 인용과 같이 저승에서 내리는 비를 상상하며 글을 맺고 있다. 그런데 이 대목은 (2)에서 보듯 백석의 시 「비」를 그대로 따온 것이다. 그래서 이 글은 박용래가 이승의 풍경을 저승에서도 느낄 수 있을지 상상하는 동시에 저승에 있는 백석의 안부를 묻는 의미로도 다가온다.

박용래의 시가 백석 시의 영향을 받은 사실은 필자가 『박용래 평전』을 비롯해 다른 자리에서도 언급한 바 있다. 박용래의 「우유꽃 언덕」에는 백석의 시 「노루」의 흔적이, 「그 봄비」에는 백석의 시 「초동일初冬日」의 흔적이 깊게 드리워져 있다. 「우유꽃 언덕」은 1949년에 발표한 시이고, 「그 봄비」는 1969년에 발표한 시로 박용래의 대표작 중 하나로 꼽힌다. 박용래가 시적 여정의 출발에서부터 생애 내내 백석의 시를 좋아한 사실이 위의 산문에도 뚜렷이 나타나 있다 할 것이다.

박용래의 산문에는 그가 문인을 비롯한 주변의 지인과 가족들에게 보낸 편지도 포함된다. 편지는 지극히 사적인 글로서 공식적인 지면에 발표한 글과는 구별되는 것이지만, 박용래의 경우는 편지 역시 짙은 문학성을 띠고 있다. 다음의 편지를 보자.

꿈의 벗

성동 형

정겨운 형의 글발. 병상에서 읽고 읽고 있으오. 청초한 모습 그리며.

나는 지난 7월 말 초저녁, 억수로 내리는 빗속에 미친 차에 치여 무릎뼈를 다치고 평생 처음으로 병원 신세를 지고 있으오.

우연한 일순의 작란이 이토록 무서운 결과를 부를 줄이야. 앞으로도 한 달 후에나 우측 다리의 깁스를 풀고 또 그후는 당분간의 물리치료……

허나 몇 개월은 아무렇게나 살아온 나의 과거를 자성할 겸, 좋은 기회라 생각하고 있으오.

오늘도 흐르는 구름, 나는 새는 예나 다름없이 무심한데 외상外傷한 무릎뼈 속에서는 가을 귀뚜라미가 울고 있으오. 순수한 시대는 가고 울고 있으오.

꿈의 벗

성동 형

순수한 시대를 부르오. 순수한 시대란 넓은 의미에 있어서 형용키도 어려운 어휘겠으나 우리들의 본 어린 날의 흰 무지개 같은 존재가 아니겠으오.

나의 벗
성동 형

사십여 일의 지긋지긋한 병원 생활이 진저리가 나 지금은 깁스를 안고 집에 돌아와 누워 있으오. 창변에 살찌는 청시靑柹를 뚫어지게 바라며.

성동 형
꿈의 벗

가끔은 글발 주시오.
요새는 무슨 생각을 하고 있으오.

"심중에 남아 있는 말 한마디는
끝끝내 마자 하지 못하였구나"

김소월 「초혼」에서

젊은 벗
성동 형

"그립다 말을 할까 하니 그리워"

김소월 「그리움」에서(?)

내내 옥조玉藻를 빛내소서.

80년 초추初秋 박용래

박용래가 소설가 김성동에게 보낸 편지이다. 편지를 쓴 때가 1980년 초가을로 되어 있으니 박용래가 사망하기 몇 달 전이다. 그는 그해 7월 말에 교통사고로 다리에 골절상을 입어 병원에 두 달 정도 입원했고 퇴원 후에도 한동안 깁스를 하고 불편하게 지냈는데, 그런 사정이 편지에 드러나 있다. 박용래가 김성동을 처음 만난 것은 이 편지를 쓰기 불과 두 달 전으로, 그렇게 짧은 만남임에도 박용래는 김성동에게 이렇게 간절한 마음을 담은 편지를 쓴 것이다. 그가 얼마나 사람을 좋아하고 진심으로 대했는지를 단적으로 보여주는 이 편지에는 사람에 대한 진정성과 더불어 그의 문학관이 유려하고 고아한 문체로 고스란히 드러나 있다.

그는 사적인 편지에서도 자신의 문학적 근황을 전하는 경우가 무척 많았다. 그것은 그의 삶 자체가 문학적이었음을 보여주는 것이며, 한편으로 그에게 편지 쓰기가 또하나의 문학 행위였음을 알려주는 것이기도 하다. 그리하여 우리는 그의 편지를 통해 당시 그가 처했던 문학적 상황을 엿볼 수 있으며, 그의 문학이 탄생한 공간적, 심리적 배경을 이해하게 된다. 박용래의 편지는 하나의 문학작품이자 그의 문학을 이해하기 위한 중요한 연구 자료인 셈이다.

이 산문전집은 박용래의 산문을 4부로 나누어 엮었다. 연재 산문인 「호박잎에 모이는 빗소리」는 자신의 문학적 여정을 드러낸 것이어서 '자서전'이라는 제목으로 1부에 묶었고, 시인의 삶과 창작에 관한 산문은 '시론'이라는 제목으로 2부에 묶었으며, 시인의 취미와 관심사 등을 적은 글들은 '단상'이란 제목으로 3부에, 가족과 문인, 예술가 들에게 보낸 편지는 4부에 묶었다.

3부에 실린 산문 가운데 「노랑나비 한 마리 보았습니다 목월 선생님 산으로 가시던 날」은 원래 『심상』 1978년 5월호에 박목월 시인의 추도시로 발표된 108행의 장시이다. 이 시는 100행의 본문과 그에 덧붙은 8행의 '헌시獻詩'로 구성되어 있는데, 박용래는 시집 『백발의 꽃대궁』을 펴낼 때 이 '헌시'만을 따로 떼어내 '해시계—목월 선생 묘소에'라는 제목으로 실었다. 박용래가 이 장시를 시집에 싣지 않은 것은 이 시를 산문과 같은 작품이라고 여겼기 때문으로 짐작된다. 그래서 이 산문전집에도 이 작품을 수록하게 된 것이다.

4부의 편지는 박용래가 보낸 편지를 수신인이 보관하고 있고 그것을 돌려받을 수 있는 경우에만 전집에 실을 수 있었으므로 원고 수집에 많은 제한이 있을 수밖에 없었다. 또한 편지는 멀리 떨어져 있는 사람에게 보내는 글이므로, 그가 가까운 문인, 예술가들에게 쓴 편지는 대개 전근 등으로 그들이 대전을 떠나 있던 시기에 쓰인 것들이다. 가족 중에는 둘째 딸 박연에게 쓴 편지만 있는데, 이는 그의 가족 중 박연만이 서울 유학으로 고향을 떠나 있었기 때문이다. 박용래는 딸에게 안부 편지를 쓸 때에도 문학과 예술에 대한 이야기를 빼놓지 않았고, 그래서 이 편지들은 부녀간의 사적인 서신임에도 그의 문학을 이해하는 데 소중한 자료가 되어준다. 편지를 이해하는 데 참고가 되는 개인적인 근황 등에 대해서는 필요한 경우 해당 편지의 말미에 각주로 밝혀놓았다.

박용래는 시뿐 아니라 산문의 경우에도 자신의 글이 실린 잡지 등의 소장본에 친필로 수정을 해놓았다. 이는 그의 산문도 시와 마찬가지로 팽팽한 긴장감으로 정성 들여 쓴 소중한 '작품'임을 방증하는 것이다. 잡지가 발간된 이후에 자신의 글에 일일이 수정 표시를 하는 것은 흔한 일이 아니다. 그가 수정한 대목을 보면 글의 완성도와 문학성이 높아진 것을 확인할 수 있다. 그는 이 수정본을 바탕으로 산문집을 펴내려 한 것으로 짐작되는데, 갑작스러운 죽음으로 뜻을 이루지 못했다. 그리하여 이 산문전집은 그가 소장본에 표시한 수정 사항을 모두 반영하여 편집하였으며, 수정하기 전의 구절을 각주로 밝혀 독자들이 원문을 알 수 있도록 했다. 박용래의 산문집은 그의 사후 『우리 물빛 사랑이 풀꽃으로 피어나면』(문학세계사, 1985)으로 간행된 바 있으나 지금은 절판되었고, 편집 과정에서 임의로 첨가, 삭제, 수정된 대목이 많아 박용래 산문의 문학성이 온전히 전달되지 못한 아쉬움이 있었다. 이번에 새로 펴내는 박용래의 산문전집은 원문과 시인의 수정 의도를 모두 반영했을 뿐 아니라 그동안 흩어져 있던 그의 산문들을 최대한 발굴해 온전한 산문전집이 되도록 노력하였다.

이 산문전집은 박용래의 둘째 자제인 박연으로부터 자료를 제공받아 이루어졌다. 필자는 그 자료를 바탕으로 도서관에서 원본을 확인하고, 누락된 글들을 찾아내고, 서지사항을 정리하여 전집을 완성하였다. 귀중한 소장 자료를 빠짐없이 건네준 박연에게 감사드린다. 아울러 새로운 형태의 산문전집을 편집하는 데 심혈을 기울여준 문학동네의 이상술 부국장에게 감사드린다.

시와 마찬가지로 편편이 문학작품으로서의 가치를 지닌, 한국문학사에 매우 독특한 하나의 장르로 새겨진 박용래의 다양한 산문들이 독자 여러분들의 마음에 온전히 전달되기를 바란다.

1부

자서전

호박잎에 모이는 빗소리 1

나루터

'거리엔 자동차의 소음이 피지만 변두리는 언제나 적막강산.'

토요일 오후는 요즘 깊숙이[1] 길을 닦고 새로 잡은[2] 시내버스 종점을 찾는다.

차를 내려 한 십 분만 걸어도[3] 망촛대가 비치는 무논이 전개되고 납작한 능선이 보인다.[4]

능선을[5] 끼고 한참을 돌고 돌면[6] 거기 이렇다 할 푯말 하나 없이 몇 발자국 안에서 저쪽은 전라도 땅 이쪽은 충청도의 끝 땅이다.

촌로들이 '막동리'라 부르는 옛 마을.

집집마다 늙은 감나무로 둘러싸인[7] 동네이다. 종일을 외따로 하얀 종이꽃만 접고 있는 상엿집 동네다.

막동리를 기점으로 뻐꾸기는 운다.

뻐꾸기 울음 따라 오 리를 간다.

뻐꾸기는 상고머리 솔밭에서 울고,

지금은 전설처럼 남은 물방앗간 저편에서 울고 산비탈 석회층에서도 운다.

곳곳에 쳇바퀴 모양의 울림을 남기고—,[8]

쑥물이 들어 있다. 언제 어디서[9] 울어도 사무치는 화답이 있다.

뻐꾸기 울음[10]보다 더 절절한 것이[11] 있을까.

"보리밭 호밀밭은 사람들이 갈지만, 보리 이삭 호밀 이삭은 누가 키우나. 심심산천의 뻐꾸기가 키우고"

"호박씨 감자 눈은 사람들이 묻지만 호박꽃 감자꽃은 누가 피우나. 심심산천의 뻐꾸기가 피우고"

"누에 젖소는 사람들이 치지만, 산너머 풀바람은 누가 물어오나. 심심산천의 뻐꾸기가 물어오고"

"논물 봇물은 사람들이 대지만, 부엌에 묻은 물항아리 누가 그득 채우나, 심심산천의 뻐꾸기가 채우고"

"천연두 수두는 누가 내키나. 심심산천의 뻐꾸기 내키고"

"장날의 징소리는 사람이 알리나, 심심산천의 뻐꾸기가 알린다"

뻐꾸기 울음 따라 또 오 리를 간다.

어느 해던가.

6·25 뒤던가.

폐허의 거리 대전문화원. 한적한 화랑에서 나는 우연히 '동 킹먼'의 순회 전시를 본 일이 있다.

이 유명한 중국인 수채화가는 하늘을 찌른 대도시의 마천루와 녹이 슨 해안선

그리고 여러 모습의 일그러진 도시의 얼굴, 표정을 잃은 군사들을 그림으로써

현대 문명이 빚는 인간의 참혹성과 비극성을 적나라하게 고발하고 있는 듯했다.

나는 이 고대의 동양식 거대한 그림 속에서 태곳적부터의 수백만 마리나 되는 뻐꾸기가 총총히 숨어

한꺼번에 우는 듯한 환각에 빠져 몰래 몸서리친 일이 있었다.

다만 5월은 창포꽃이 피는 단오절이 아니래도 축제가 많아 좋다.

거리엔 축제의 꽃불이 튀기지만, 변두리는 아직도 적막강산. 뻐꾸기 울음을 따라갈까.

끝없이 갠 날은 산 너머 물 따라 변두리로 나가자.

푸른 감이 살찌는 나루터에 앉아 그리운 산빛, 그리운 물빛을 바라며 먼 날의 뻐꾸기 울음 듣고 있으면

—다시 한번 동정이고 싶다.

—오딧빛에 다시 한번 입술을 물들이고 싶다.

—풋살구 따다주던 어린 벗이 그립고

—가방 하나 들고 홀홀히 또다른 낯선 나루터에 서고 싶다.

1) “요즘 깊숙이”를 추가.
2) “이어낸”을 “잡은”으로 수정.
3) “십 분쯤 접어들면”을 “십 분만 걸어도”로 수정.
4) “눈앞에 온다”를 “보인다”로 수정.
5) “산허리를”을 “능선을”로 수정.
6) “돌아서면”을 “돌고 돌면”으로 수정.
7) “고인”을 “둘러싸인”으로 수정.
8) “뻐꾸기 소리는 통소보다 굵은 목관악기를 연상케 한다.”를 삭제.
9) “어디서”를 추가.
10) “뻐꾸기”를 “뻐꾸기 울음”으로 수정.
11) “울림이”를 “것이”로 수정.

호박잎에 모이는 빗소리 2

풍금 소리

한 달 가까운 가뭄[1] 속에 오히려 싱싱한 것은 나팔꽃 덩굴[2]뿐이다.

꼬인 덩굴은 실 철사를 따라, 담장을 타고 이웃집 처마에서 나슨대고 있다.

나팔꽃 봉오리는 갓난아기[3]들의 우유병 꼭지처럼 사랑스럽다.

나팔꽃을 뚝뚝 따가지고 아이들이 모여 열심히 무늬를 찍어내고 있다. 숙제인 모양이다.

삽시간에 습자지에 범람하는 남보랏빛.[4] '마리 로랑생'의 색감이랄까.

나팔꽃 무늬는 탁자 위의 어항에 녹아들어 어린 시절의 여름 속으로 번진다.

어린 시절의 소라고둥 소리로.

그때 우리 마을에는 '수양단'이란 조그만 단체가 하나 있었다. 나는 거기에서 가장 나이 어린 단원이었다. 수양단에서는 해마다 여름이면 '조기회'를 열었다.

풀잎 끝에 잠자리가 매달린 언덕을 무릎 적시며 달리던 나의 소년기.

조기회 장소는 봉화재. 옛날 여기서 봉화를 올렸다고 한다. 마을 북쪽에 자리잡고 있었다.

안개가 걷히는 잿마루에 서서, 집합 신호로 단장이 불어대던 소라고둥.[5)]

단장은 전신이 인력거꾼으로 자수성가한 입지전적의 인물. 언제나 웃음을 띤 사십대의 동안이었다. 읍에다 어물가게를 내고 있었는데 얼음을 채운 생선은 신선하여 인기가 있었다.

둥 두둥둥 북소리에 맞추어 체조도 하고 유희도 하고 노래를 불렀다.

뱃고동[6)]같이 우렁차게 들리던 먼 날의 소라고둥.[7)]

조기회를 마치고 돌아오는 길에는 으레 그 집 앞을 지났었다. 울안에 대나무 숲이 푸르던 고가古家. 늘 같은 시간에 나팔꽃 울타리 저쪽에서 보조개 짓던 숙이네[8)] 집. 물방울무늬의 치마.

내게 맨 먼저 편지의 꿈을 안겨준 오래도록 나의 가슴 둘레를 태운 얼굴.

나팔꽃 무늬는 오래전 지워버린 얼굴을 다시 떠오르게 한다.

남보랏빛은 또 엷은 먹물로 변해 어느 날의 풍금 소리로 일렁인다.

그날도 시골길을 걷고 있었다. 돌멩이를 차며. 근 이십여 년 전 일이다.

세상은 '찬탁'과 '반탁'의 북새로 온통 핏발 서 있었다. 거리는 들끓는 용광로.[9]

해방의 감격은 우리 모두를 몇 번이고 순한[10] 종이고자, 새 나라의 순한 종이고자 맹세케 했건만 맹세와는 아랑곳없이 국토는 양단되고 산천은 날로 시들어갔다.

허탈한 슬픔을 감당할 수가 없었다. 호소할 데도 없었다.

그 무렵, 나는 곧잘 옛 절을 찾았다.

참선이랄 것도 없이 텅 비인 법당에 앉아 무위만 되씹었다.

내가[11] 부여 땅에 있는 무량사에서 돌아오는 길이었다.

한 떼의 조무래기들이 몰려가고 있었다. 괴나리봇짐처럼 책보를 둘러메고, 모두가 맨발이었다.

담뱃잎만 흔들리는 쓸쓸한 하학길.

그날. 산모퉁이에서 들은 풍금 소리는 잊을 수가 없다.

애잔한 소리[12]는 산모퉁이에 기운 낡은 학교에서 들려오고 있었다.

금방이라도 쓰러질 듯한 목조 단층은 어스름에 뜬 한 점의 고도孤島.

일체를 외면한 이[13]의 소망 같은 저음低音.[14]

풍금 소리를 따라갔었다. 백발이 성성한 늙은 교사는 몸 전체로 울고 있었다.

저무는 운동장에는 병든 미루나무가 몇 그루 있을 뿐, 엉성한 화단에 나팔꽃도 풍금 소리에 젖고—.

아이들이 함부로 습자지에 찍는 남보랏빛 무늬에 오늘도 일렁이는[15] 늙은 교사의[16] 풍금 소리와 소라의 고동. 아 나는

'안나 카레니나'의 기적 소리처럼 영[17] 잊을 수가 없다.

1) "장마"를 "가뭄"으로 수정.
2) "나팔꽃"을 "나팔꽃 덩굴"로 수정.
3) "아기"를 "갓난아기"로 수정.
4) "남보랏빛으로 물드는 습자지"를 "삽시간에 습자지에 범람하는 남보랏빛"으로 수정.
5) "소라고둥 소리"를 "소라고둥"으로 수정.
6) "뱃고동 소리"를 "뱃고동"으로 수정.
7) "소라고둥 소리"를 "소라고둥"으로 수정.
8) "소녀의"를 "숙이네"로 수정.
9) "8·15 직후였으니까."를 삭제.
10) "순한"을 추가.
11) "나는"을 "내가"로 수정.
12) "풍금 소리"를 "소리"로 수정.
13) "외로운 이"를 "이"로 수정.
14) 문장 앞의 "마지막 사람의 흐느낌 같은"을 삭제.
15) "남보랏빛 무늬 나팔꽃이 일렁이는"을 "남보랏빛 무늬에 오늘도 일렁이는"으로 수정.
16) "교사와"를 "교사의"로 수정.
17) "영"을 추가.

호박잎에 모이는 빗소리 3

홍래 누님

누님은 만혼이었다.

스물여덟이던가, 아홉, 선창가 비 뿌리던 날, 강 건너 마을로 시집 갔다. 목선을 타고.

목선에 오동나무 의걸일 싣고 그 무렵 유행이던 하이힐 신고 눈썹만 그리고 갔다.

눈썹만 그려야 할 누님에게 무슨 흠이 있었던 것은 아니다. 오히려 창포 모습이었다.

아버지의 아집이랄까, 하기사 기울 대로 기운 가세였지만 뒷간에 가실 때도 꼭 대님을 매시곤 하던 아버지로서 고명딸을 아무에게나 주실 순 없었으리라.

가세는 기울 대로 기운데다 세상은 중일전쟁이 한창이어서 모든 물자는 통제되고, 보리방아에 젖던 모시 적삼.

유학 간 만형은 일본에서 그대로 주저앉고,

뜻하지 않은 둘째 형의 발병―척추카리에스.

거기다 나의 중학 입학금.

어머니의 농에서 장으로 팔려가던 누님의 비단 혼수.

이래서 혼기는 더욱 늦어졌는지도 모른다.

나는 개펄의 시들은 갈대, 너도 같은 개펄의 시들은 갈대― 누님이 가슴으로 부르던 「시든 갈대」.

불평 한마디 모르던 누님.

앞가르매 검은 치마. 수정 돌, 분꽃에는 뜨물이 좋다든가, 아침, 저녁 쌀 씻은 뜨물을 꽃밭에 부시던 홍래鴻來 누님.

꽈리 부는 누님의 등에 업혀 보던 옥수수밭에 뜨던 달.

둑 너머 활터에서 불어오던 높새바람.

나는 어릴 때부터 허약했다. 여름이면 입맛을 잃고 자주 앓았다. 이슬 먹은 육모초, 박하사탕. 정구에 미치다시피 한 내게 미소 지으며 도시락을 챙겨주던 누님.

내가 소학교 때 성적이 좋았던 것도 누님의 덕분이다.

전깃불이 한껏 귀한 때라 집에선 석유 호롱을 켜고 있었으나 누님과 거처하는 방만은 이슥도록 촛불이 밝았다.

그 홍래 누님이 시집가서 일 년도 못 돼 세상을 떠났다. 산후 대출혈.

슬픈 전갈은 야심, 강 건너 마을에서 왔다. 어머니는 가슴을 치며 길길이 뛰시다 기절을 하고 아버지는 온 울안을 대낮처럼 등불로 밝히고 혹시나 기적을 기다리며 밤을 새웠다. 중학교 2학년 나는 울지도 못했다.

시퍼렇게 얼어붙은 강심江心만이 원망스러웠다.

누이 죽고 삼 년, 꿈에서 보았다. 하얀 창포였다, 역시.

달보다 높은 뒷산 팽나무 밑에서 처음 울었다, 그날.

연약한 목덜미에 땀띠분 뿌리던 누님은 가고, 동생은 이제 머리끝이 희끗희끗.

무료한 날을 딸을 데불고 접시 물을 찍어 비눗방울을 날린다.

호박잎에 모이는 빗소리 4

대추알

굴뚝새가 물어온다. 두멧집 헐렁한 아궁이에, 가을을.

원두막을 내리는 소년의 러닝셔츠에 아직은 늦포도의 씨가 묻혀 있고

아직은 남은 모기가 마루 밑에서 소리 없이 마른 복상씨를 물기도 하지만

철교 밑을 흐르는 물빛도 다르고

어제와는 달리 하늘 속 별밭도 푸르다못해 붉은 싸리꽃밭.

허나 역시 가을은 먼저 굴뚝새가 물어온다. 집집마다 깊숙이 불을 지핀다.

잡초도 말리면 땔감이 된다. 톡톡 튀는 보릿대, 밀대, 억새의 열기.

흙냄새도 곁들여, 훈훈히 맴도는 풀잎의 온도—. 방을 말린다.

여름내 외면했던 아궁이에 불을 지피면 어느새 물들어 떨어지는 대추알.

어쩌면 가을은 어느 날, 후드득 떨어지는 대추알이 가져오는지도 모른다.

두멧집 몽당한 풀빗자루에. 집집마다 문살의 먼지를 턴다.

창호지를 바르고 문풍지를 세운다. 화려한 무늬는 아니지만 벽지를 갈고 천장 반자지를 누르면 또 후드득 마당에 떨어지는 풋대추.

가을은 굴뚝새와 풋대추의 술래잡기.

누진 방을 말리고 문풍지를 세우면 골고루 잡히는 계절의 안도감.

비로소 터지는 복숭아의 씨 봉지, 베개 깃을 누비는 벌레 소리,

파초 자락에 이슬은 내린다.

추석 전에 울안을 말끔히 하고 들창도 봉함은 언제부터의 풍습이랴.

이맘때면 바람도 들녘을 휘젓기 시작한다.

이슥도록 휘젓는, 바람소리를 듣고 있으면 밤참으로 먹던 박나물이 생각난다.

잠눈을 비비며 먹었었다. 할머니도 좋아하시던 가을의 맛. 박나물에 뿌린 시큼한 식초 냄새가 좋았었다.

빈 상을 물리고 이불 속에 들면 머리맡을 달리던 밤 빗자국.

멀리 떠나간 C도 그립다. 죽마지우인 C, 철학가 지망의.

C의 불행은 조혼에서 왔다. 그늘진 이중생활. 괴로움에 못 견디면 날 찾았다.

선창가 보리밭에서 울부짖던 C.

이중의 아픔을 알 리 없는 그때의 나는 위로는커녕, 죄인인 양 양심만 몰아세워 그를 울렸었다.

표연히[1] 하루는, 슬픈 풍진을 모조리 떨고[2] 국경을 넘어 만주로 달린 C, 일정 말기.

곧 8·15 해방이 되었으나 그는 다시 돌아오지 않았다.

난조亂調도 아름답다지만 이럴 수도 저럴 수도 없었던 C의 또하나의 얼굴, 청순하기 소녀 같았던 모습이 그립다.

도시의 가을은 귓속에만 맴돌지만 농촌의 가을은 몸 전체에 가득하다.

도시의 가을은 수도꼭지로 틀지만 농촌의 가을은 두레박으로 길어올린다.

햇살은 오늘도 익어, 먼 곳에 대추알은 떨어지고 귀소를 서두는 제비떼가 들길을 덮었다.

1) "결연히"를 "표연히"로 수정.
2) "털고 표연히"를 "떨고"로 수정.

호박잎에 모이는 빗소리 5

노적가리

배나무 두 벌 꽃은 지다.
고샅에 뿌우연 먼지가 인다.

서릿바람이 불기 시작하면 공회당 마당에 있는 노적가리를 타고 놀았다.

동산처럼 높은 노적가리는 민들머리 아이들의 제일 좋은 해바라기 장소.

동네의 햇빛은 모조리 노적가리 근처에만 쏟아지는 것 같았다. 곧잘 아침잠에 취하곤 하던 나는 언제나 느즈막에 그곳을 찾았다. 노적가리에는 민들머리 아이들 못지않게 참새떼도 몰려들었다. 창황히

무리 지어 왔다.

아이들은 고무총을 들고 있었다. 고무총 총알은 팽나무 열매.

붉은 열매의 탄력— 총알로는 안성맞춤이었다. 비탈에 선 팽나무는 천 년이 되었는가. 염주알 같은 열매, 풀섶을 헤치면 얼마든지 있었다.

참새는 고무총의 표적이었다. 마구 쏘아대는 총알에 일제히 가랑잎처럼 흩어지던 참새떼.

강변에 날리는 아카시아의 씨방처럼 공중에 날리던 참새의 깃털.

참새는 한 마리도 떨어지질 않았다.

고무총놀이에 지치면 논바닥을 뒤졌다.

우렁을 잡는 것이다. 우렁은 꼭 지심을 매다 소나기에 쫓겼던 농군의 발자국에 묻혀 있었던가, 맨 먼저 발견한 아이의 환성. 어쩌다 나의 손끝에도 걸리던 달팽이 촉각 같은 순간의 설레임.

논바닥은 넓었다. 그 논바닥에 기울던 낮달.

흩어진 행렬은 시간 가는 줄을 몰랐다. 멀리 들리던 공회당의 종소리.

저녁 종소리를 듣고서야 개울물에 손을 씻었다.

아궁이의 잿불로 구워 먹던 몇 개도 안 되던 늦가을의 쫄깃한 맛.

고향은 멀다, 요람기는[1] 더욱 멀다.

하늘타리의 줄기가 말라붙은 담 밑에 맨드라미꽃이 마지막 불꽃으로 탄다.

타는 맨드라미의 불꽃 속에 나의 꿈은 항상 어리디어리다.

고향인 부소산 허리에 구절초 무덤은 명주 올로 희고, 백마강 상류는 연기처럼 가늘어졌으리라.

밤고기를 낚는 쪽배의 어화漁火가 도깨비불처럼 오르내리고 달빛만 깔리던 고란사 뜰에 지금도 태곳적[2] 여우는 울리.

아침으로 갈아주는 새장 속의 접시 물도 차고 밭에 김장배추의 고갱이도 차다.

1) "어린 시절은"을 "요람기는"으로 수정.
2) "옛날의"를 "태곳적"으로 수정.

호박잎에 모이는 빗소리 6

살무사

매달린 홍시의 꼭지도 땄다.
남은 모과도 땄다.
그 빈 가지에 이름 모를 멧새는 날아와 작은 꽁지를 털며 울고 있다.
철새일까.

가을엔 하늘이 없다.
부서져 가랑잎이 된다.

간밤에는 이슥도록 무오랭이를 썰었다. 어설픈 솜씨로,
청무의 달싹한 냄새.

여분처럼 잘게 잘게 썰었다.

무오랭이를 말린다.
하늘이 없는 지붕에, 평상에.
따끈한 볕, 느슨한 졸음에 몰려 눈이 감긴다.

잠 속에서 산길을 간다.
산길에도 하늘은 없다.

골짜기를 헤매다 어느 무덤가에서 세모꼴[1] 대가리를 든 채
굳은 뱀[2]의 주검을 본다.

뭣에 그다지 놀랐던가.
사력을 다했던가.
마지막 일순에.
선 자리에서 그대로 박제가 되어버린 살무사의 부동,
둘레에 떨어진 달무리 같은 은니銀泥.

뉘가 돌을 던졌던가.
참빗 가시에 찔렸던가.

터무니없는 누명을 견디며 쫓겼던가.

세상사, 살얼음을 밟는 나날이었다.
말없는[3] 가슴이 과실이었다.
죄였다— 살무사.

빛나는
용수철 같은 것이
꼬리를
말고
비잉 빙 돈다.
금 간 수세미
속을
알몸으로
톱니바퀴
돌듯
느릿느릿 돈다.

그래서 수세미물도 든 살무사.
인골人骨이 그립던가.

전생에, 너는 장미,

불꽃,

움직임,

재였다.

아가의 울음소리에 잠을 깬다.

1) "세모꼴"을 추가.
2) "세모꼴로 굳은 뱀"을 "굳은 뱀"으로 수정.
3) "못하는"을 "없는"으로 수정.

호박잎에 모이는 빗소리 7

장갑

소년의[1] 겨울은 벙어리장갑 속에 묻혀 있다.

칠흑 같은 밤, 아버지는 자주 연살을 깎으셨다. 나의 성화에.

늦도록 대나무 쪽을 빚던 아버지 무릎에 흩어지던 꿈의 부스러기.

잠결에도 들었다. 창칼 소리를.

눈을 뜨자마자 연부터 찾았다. 그새 풀기 빳빳한 수박연은 벽에 걸려 있었고, 금방 묻어날 듯한 수박 빛깔은 가슴을 온통 부풀게 했다.

밥술을 뜨는 둥 마는 둥 강둑으로 달렸다. 그래도 언제나 지각이었다.

강둑에는,

태극연,

제비연,

까치연,

무지개연,

물구나무서는 가오리연, 연, 연!

장바닥같이 붐볐다. 삭풍을 타고 하늘을 비비며 오르던 연 꼬리의 아우성. 골마리를 추키며 신이 나 있었다.

장갑이 몇 켤레 해어져야 비로소 한겨울은 갔다. 연줄에 아교풀을 메기고 새금파리 가루를 뿌린—날이 푸른 얼레는 엄두도 못 냈으나 장갑이 몇 켤레 해어져야만 긴 겨울은 갔다. 나는 막내둥이였다.

쪼로록, 쫄쫄…… 고장난 수도꼭지에서 새어나는 물소리에 밤은 깊다. 밖에는 제법 눈발이라도 치는지, 창호지 문살이 희뿌연하다.

식구들은 일찍이 잠자리에 들고 벙어리장갑을 풀었다 떴다 하던 둘째 딸, 연이도 어느새 잠이 들었다.

이불자락을 차 던지며 자는 연이는 지금쯤 무슨 꿈을 꿀까. —커서 제 딴엔 화가가 되겠다지만, 그림을 그릴 때, 상기되는 너의 능금볼이 아빠는 제일 좋다만, 어찌 험난한 예술의 길이 하루아침에 이루어지랴. 아빠는 기뻐할 수도 없다.

눈은 얼마만큼 쌓였는지. 방안까지 훤하다. 이따금 부엌에서 서생원이 달그락거리는 그릇 소리에 밤은 더욱 깊어만 가고 사위는 죽은 듯이 고요하다.

이런 밤엔 불현듯 귀뚜라미 소리도 그리워진다. 겨울에도 귀뚜라미는 울까, 귀뚜라미는 운다.

지난해, 사당동 미당未堂 선생 댁에서 들었다. 모처럼의 서울 나들이에 여러 벗과 어울려 선생의 처소를 방문한 일이 있다.

관악산 골짜기에 눈발이 솔잎같이 흩어지던 날이었다. 일행은 시간 가는 줄 모르고 하룻밤을 시의 이야기로 호유豪遊했었다. 그날 밤, 다듬잇돌 밑에서 긋던 가냘픈 금선琴線[2] —

이 댁 사모님이 기르신단다.[3] 춘, 하, 추, 동.

겨울에도 귀뚜라미 소리를 듣는 마음이 「동천冬天」을 쓰시고 「도장나무」도 읊었을까.

삼베 올에 머물던 귀뚜라미.

대나무 쪽을 빚던 창칼 소리는 아직도 벙어리장갑 속에 살아 있다.

1) "어린 날의"를 "소년의"로 수정.

2) "울던 '잊혀지지 않는 귀뚜라미'. 가냘픈 금선을 긋던"을 "긋던 가냘픈 금선"으로 수정.

3) "양생하신단다"를 "기르신단다"로 수정.

호박잎에 모이는 빗소리 8

모교

교실 안까지 버들꽃이 날아들었다, 나의 모교는.

언덕 위에 있었다, 가물거리는 들녘이 한눈으로 내려다보이는.

인력거가 비틀거리며 골목을 누비던 소읍. 소읍이라지만 서편은 만선滿船의 고깃배가 드나드는 부둣가. 멀리 연평도의 조깃배가 머무는 날이면 기방妓房의 장구 소리 더욱 흥겹고.

수로水路에도, 늪에도 뜨던 갈꽃, 구름.

그러나 중일전쟁의 회오리바람은 날로 드세고, 공습경보의 사이렌 소리에 밀려, 돛대가 숲을 이뤘던 연평도 조깃배의 길도 막히고, 인력거 바퀴 소리도 장구 소리도 채석장 남포 구멍[1]에 묻혀버렸다.

갈밭에 오르던 연막煙幕.

우리들은 쫓기는 기러기떼, 3·8식 소화기小火器를 든 실향의 기러기떼.

특히나 가을에 있었던 대연습은 흡사 실전을 방불케 했다. 운동장은 황토 땅, 드문드문 선 버드나무와 향나무가 울타리 구실을 했다. 메뚜기 날개가 부서지는 운동장 끝에서 술렁대는 황금 이삭. 뽀오얀 먼지[2]에 불려오는 물창포 냄새. 그 운동장에서도 산병전散兵戰은 한창이었다.

우리들은 실상 언제나 교관의 명령과는 겉돌고, 어느덧 가슴엔 망국의 슬픔이 싹트고 있었던가. 피 삭은 젊음.

저수지의 배수로 공사도 한 일이 있다. 내키지 않는 손들이 미는 '도록꼬'에[3] 지던 놀.

그래도 모교는 나에겐 꿈을 키워주는 요람이었다.

잔디로 다듬어진 철쭉꽃 스탠드, 등나무 시렁이 있는 기숙사, 테니스 코트, 팽나무 언덕, 아치형의 벽돌 현관, 뾰족한 지붕, 새벽 휑그런 강당에서 엇갈리는 죽도竹刀의 반향.

방과후는 테니스 코트에서 살았다. 사월 줄 모르는 정열은 달빛을 받아가면서도 공을 쳤다. 별빛이 내리는 코트에서 네트를 걷으면 모롱이[4]를 돌아가던 기적汽笛.

품에는 연문戀文이 들어 있었다. 경성[5]에서 보내오는 보랏빛 편전

지便箋紙, '다케히사 유메지竹久夢二'의 그림을 닮은 젖은 속눈썹의 소녀,[6] 풀벌레 울음.

회중전등을 감추고 밤마다 찾아오는 소녀도 있었다.[7]

저만치 강바람에 흔들리던 주름치마 자락.

나는 마치[8] 목석이었다. 끝내 사랑일 수도 없는 첫사랑의 보랏빛 추억.[9]

직원실 옆[10]에 있던 겹유리 온실에 이른봄이면 피던 히아신스의 향기.

이층 창가에서 활터를 굽어보며 읽던 『탁목시집啄木詩集』『부활』『죄와 벌』『빈핍물어貧乏物語』……

이제 모교는 몇 살일까?

나의 모교는 항상 백로가 외다리로 서 있는 위치에 있다.

등나무 시렁은 어떻게 되었을까?

팽나무 언덕은……

강줄기를 따라 한없이 뻗은 마라톤 코스.

1) “소리”를 “구멍”으로 수정.
2) “황토 먼지”를 “먼지”로 수정.
3) “흙에”를 “에”로 수정.
4) “산모롱이”를 “모롱이”로 수정.
5) “서울”을 “경성”으로 수정.
6) “소녀상을 닮은 젖은 눈썹”을 “그림을 닮은 젖은 속눈썹의 소녀”로 수정.
7) “신주(新主)의 딸.”을 삭제.
8) “마치”를 추가.
9) “보랏빛 연문(戀文)의 지문(指紋) 때문에 끝내 소녀는 울며 돌아섰다”를 “끝내 사랑일 수도 없는 첫사랑의 보랏빛 추억”으로 수정.
10) “앞”을 “옆”으로 수정.

호박잎에 모이는 빗소리 9

목탄차

승객들은 중턱에서 내려야 했다. 숨찬 목탄차의 뒤를 밀며 고개를 올라야 했다.

경부선을 타고 점촌에서 내리면 춘성부터는 울창한 숲에 가린 이름 모를 고개.

경원선을 타면 주문진부터는 푸른 동해를 끼고 또 이름 모를 고개, 고개. 강원도 길은 몇백 리, 가물가물 가까운 듯 멀기만 했다.

아버지는 강원도에 계셨다. 도계. 형은 탄광의 토목 기술자,[1] 아버지는 골짜기에다 홍화씨를 뿌리며 소일하고 계셨다. 이따금 B29의 꼬리가 두메 마을에도 뜨고.

산다는 것이 하냥 권태로웠던 시절, 걸핏하면 공습경보[2] 소리가 울리는 고향을 등지고 우리집은 형을 따라 도계道界로 소개疎開를 했었다.

약초 냄새, 소금기에 전 고개를 넘어 아버지를 찾을 때마다 시시포스의 바윗덩이처럼 밀어올려야 했던 목탄차.

승객 중에는 때로 광산촌을 도는 연예대의 일행이었을까, 콧등에 하얀 얼룩 화장을 한 카튜샤 같은 얼굴도 섞여 있었다. 풀이 죽어 있는 카튜샤들도 무명 각반을 친 대원들도 목탄차의 꽁무니에 붙어 비틀댔다. 국경선을 넘는 유랑민이듯.

가슴은 우물 속같이나 어두운 계절.

인간도 한낱 소모품이었다.

나는 그때 경성[3]에 있었다. 은행에서는 자주 현금수송을 했다. 경성[4] 본점에 있었던 나는 간혹 그 임무를 맡곤[5] 했다.

현금을 싣고 청진 가는 도중의 목단강행 이민 열차[6] 안에서 내가 읽어낼 수 있었던 엽초葉草 연기 자욱한 표정 잃은 군상들.[7]

방파제를 넘치던 블라디보스토크의 물보라.

청진 부둣가를 거닐며 안으로 안으로 울었다. 회색 바다가 내려다보이는 호텔의 레스토랑에서 씹던 쓰디쓴 도토리빵.

유약한 성격은 사람이 셋만 모여도 말을 못하였다. 선 채로 증기처럼 증발하고 싶었다. 나뭇가지에 앉은 새가 부럽고 이슬 머금은 들꽃들의 황토가 한없이 부러웠다. 발목에 감겨오던 목탄차의 검은 연기.[8]

창경원의 벚꽃도 정자옥丁子屋의 진열장도 카페의 불빛도 싫었고 점

심이면 줄을 지어 기다려야 했던 잡취雜炊[9]의 맛만[10] 절실했다.[11]

한적한 저녁, 장곡천정長谷川町[12]에 오는 눈송이를 맞으며 엉뚱하게도 나의 꿈은 상해로 가는 뱃머리를 좇고 있었다.

막연히, 실로 막연히.

1) "탄광 기술자"를 "탄광의 토목 기술자"로 수정.
2) "경보"를 "공습경보"로 수정.
3) "서울"을 "경성"으로 수정.
4) "서울"을 "경성"으로 수정.
5) "대행하고는"을 "말곤"으로 수정.
6) "이민 열차"를 "목단강행 이민 열차"로 수정.
7) "목단강행."을 삭제.
8) "황토 먼지"를 "검은 연기"로 수정. "인간도 한낱 대용품일 수밖에 없었던가."를 삭제.
9) 조스이(일본식 죽).
10) "맛도"를 "맛만"으로 수정.
11) "질색이었다"를 "절실했다"로 수정.
12) 하세가와초. 지금의 소공동.

호박잎에 모이는 빗소리 10

봇물[1)]

봇물이 반짝이며 달려온다, 창호지 한 장 사이로.

아직은 꽃철이 이른데 가까운 국민학교 운동장에서는 벌써부터 확성기를 타고 〈고향의 봄〉이 한창이다.

확성기 속에도 쏠리는 들녘의 봇물.

산모롱을 도는 기적 소리에 강심처럼 부풀은 봇물.

수양버들 밑동까지 찰랑거리던 봇물이다.

까막까치 건너던 수위水位.

주름지는 물살에 옷소매를 적시며 놀았었다.

풀잎 각시를 싣고 엇갈리던 크고 작은 종이배.

그 머언[2] 날의 봇물이 창호지 한 장 사이로 맴돌며 달려온다.

봇물이 쏠리는 우리집 담벼락.

머지않아 담벼락 밑에는 올해도 무슨 소망이나처럼 민들레는 피리라. 물오른 미루나무의 원경도 부드럽게.

그렇게 흔하던 참새의 그림자마저 아쉬운 작금,[3] —지난해 한 보름 남짓 집을 비우고 귀가하는 날이었다—무심코 마당으로 들어서다가 거기 몇 송이 호젓이 피어 웃고 있는 민들레를 발견하고 나도 모르게 탄성을 올렸다. 골목 안의 숨은 꽃은 정말 신기로웠다.

들바람에 휩싸여 온 홀씨의 의지.

길은 애초부터 있었던 것이 아니다. 가면 길이 되는 것이다. —루쉰魯迅의 단편, 「고향」의 첫 구절을 상기한다.[4]

홀씨일 수는 없었던 나. 갈피를 못 잡고 방황하다 함부로 들어선 나의 길.[5] 이제 얼마큼 뿌리는 내렸는가.

얼마 전, 모지某誌[6]로부터 주선酒仙 열전의 원고 청탁을 받은 일이 있다. 내용인즉 가장 두드러진 취중 행장기, 실수담.[7]

접시 술에도 곧잘 방향감각을 잃곤 하는 내가 주선일 수는 없어 끝내 원고는 사양하고 말았으나 그러한 나에게도 한두 가지 취중 실수는 있다.

사고무친인 무명 화가 K를 천주교 묘지에 묻고 오던 저녁, 봇물은 이취泥醉한 넋의 내출혈인가, 봇물에 빠져 수중혼이 될 뻔한 적도 있다.

검은 머리 올도 떠 있던 봇물.

소복한 손이 소지燒紙를 사르던 봇물.

봇물이 보이는 물레방아는 어디메쯤 있을까.

1) "소지(燒紙)"를 "봇물"로 수정.
2) "어린"을 "머언"으로 수정.
3) "어느 날"을 삭제.
4) "첫 구절이다"를 "첫 구절을 상기한다"로 수정.
5) "길이다"를 "길"로 수정.
6) "某紙"를 "某誌"로 수정.
7) "실수담이었다"를 "실수담"으로 수정.

호박잎에 모이는 빗소리 11

휘파람

8·15 해방 후, 목단강을 건너왔다는 꽃집의 노인은 가는귀를 먹었다.

마치 밭의 한 자락 같은 노인이 박토 묘판에 달기똥을 넣고 있다. 말린 달기똥을 털어 넣다가 이따금 땅에 귀를 모으는 까닭은 무엇일까. 땅속에서 닭이 홰라도 치는 것일까, 벼슬이 까만 닭 울음소리.

이윽고 묘판에서 노인이 허리를 폈을 때 나풀나풀 울타리를 넘어오는 호랑나비 한 마리.

호랑나비는 또 나풀나풀 노인의 발등에 갸웃이 앉아 말을 건넨다.

토방에 걸린 거울에 건듯 탱자꽃이 비치는 낮.

"할아버지, 할아버지 젊었을 때 백미 한 가마에 얼마였나요?"

"오전짜리 백동전 한 닢으로 무얼 샀더라?"

변두리 꽃집. 단골인 이형은 가을에 심을 삼 년생 능소화를 흥정하고, 난 오백원[1] 지폐 한 장에 제라늄 화분을 사 든, 그런 토요일의 휘파람.

가마

산기슭은 말할 것도 없이 까치는 국민학교 운동장 복판에까지 들어와 둥지를 틀었다.

유난히도 까치가 많은 까치 마을, 그래서인지 이곳 주민들의 목청은 한 옥타브 높다. 둑길을 달리는 아이들 걸음도 폴딱, 폴딱, 모로 뛰는 까치 걸음걸이다. 이곳에 R형과 더불어 자주 찾는 그 해묵은 가마는 있다.

계룡산이 내비치는 가마.

가마에 어리는 수수한 옛사람들의 살결, 살결에 돋는 아슴한 숨결.

계곡을 타고 돌돌돌 흘러내리는 물이 여기에 이르러 흙을 빚었을 것이요, 그 흙은 금줄에 둘러싸인 불꽃 속에서 요순의 그릇이 되고, 그릇마다 담긴 무량의 공간.

고려청자의 한공寒空도 이조백자의 도포 자락도 이런 가마에서 나왔을 것이요, 그런 비색秘色은 아니어도 우리들이 일상, 조석으로 챙기는 투가리며 단지며 종지 등의 질그릇도 여기서 도란도란, 얼굴 비비며 낳았을 것이다. 토장맛 같은 목숨의 그릇.

이제는 신식 물레에 몰려 폐가처럼 문을 닫은 가마.

R형은 도예가여서 이곳에 오면 옛 그릇의 비밀을 더듬어 줄자를 들고 가마의 폭·높이·깊이 등 전체 구조를 살피기에 여념이 없지만 R형, 어찌 무량한 공간, 토장맛 같은 그릇의 비의를 줄자로 재서 가늠할 수 있으리오. 도예에는 전혀 문외한인 나이지만, 목욕재계한 백의白衣의 도공들의 정신 도장이었을 가마 앞에 앉으면 먼 날의 흙이, 먼 날의 물이, 먼 날의 불기가 와락 달려드는 성싶다.

면면히 뻗친 유구한 세월의 나이테, 맥박의 도량, 어미닭이 알을 부화하듯 삶의 아름다움을 부화하던 슬기.

빈 바둑이 집에 숨어, 성이는 지금 흙장난이 한창이다. 흐릿한 광선 속에서, 개고 버무리고 이기고 토닥토닥의 되풀이. 순진스러운 성이여, 뭣을 만들 것인가, 어찌 하필이면 바둑이 집인가. 어린 무화과 잎새 같은 성이의 손, 흙투성이의 손에서 석기인을 연상하고 고향을 연상하고 계룡산 밑, 까치 마을의 가마를 연상한다.

성이는 이 세상에 너무 늦게 나온 아이.

꿈속에 가마는 언제나 금줄에 둘러싸인 화염을 보듬고, 보듬고 있다.

독백

미세하게 갈라진 땅을 본다. 거북이 등 같은 땅을.

땅속에는 지금쯤 갖가지 꽃씨들이 서로를 시새우며 시루 속의 콩나물마냥 눈을 뜨고 있을 것이다.

땅속은 어둠일까, 밝음일까.

모름지기 갈라지는 아픔 없이는 고개 들 수 없는 뿌리들의 숙명, 머지않아 잎은 돋고 줄기는 뻗어 가지를 치고 꽃은 피고 질 것이다. 로댕도 말했듯이 속절없이 질 것이다. 폈다 지는 숙명, 일세의 고매한 인격이 옥중에서 독배를 마셔야 했던 역사의 숙명, 달마 법사의 칠 년 면벽도 숙명일까. 시인의 운명殞命도 숙명이랴.

3월에, 시조시인 이영도 여사도 세상을 뜨셨다.

여사와의 마지막 해후상봉은 작년 초가을 서울 음악회장에서였다. 조치원, 김재영 여사 따님의 졸업 연주회가 있던 밤, 기라성 같은 문인들이 초대되어 있었다.

작고, 큰 물고기들이 물결에 뛰놀듯 건반의 선율이 장내를 흔들 때 여사가 뒷줄에서 '음악 감상은 눈을 감고 수평선을 보는 법이랍니다' 하시던 음성이 새삼스럽다.

손을 꼽을 정도의 여사와의 만남에서 늘 이조 잔영을 느끼곤 했다면 고인에게 실례가 될는지. 모두가 입을 모으듯 그 옷매무새에서도, 독특한 억양에서도.

통 연령을 헤아릴 수 없었던 여사가 옥잠화의 청초, 그대로 세상을 뜨셨다.

몇 해 전, 여사의 기금으로 마련된 나의 시상식에 기다리던 여사는 끝내 오시질 않았다. 좀은 섭섭한 나머지 나는 여사에게 성급한 글을 띄웠다. 나의 짧은 글과는 달리 여사가 주신 글은 의외로 길었다. 그날 회장에 나오실 양으로 옷도 새로 갈아입고 막 대문을 나서려는데 피치 못할 사정으로 도저히 어쩔 수도 없었다는 간곡한 사연이었다. 이때만큼 나의 경솔을 뉘우친 일도 드물다.

처음 여사를 뵈온 날은 언제였던가, 아마도 청마 선생이 불시의 윤화輪禍로 작고하신 직후였나보다. 여사의 친정 조카분이 이곳에 머물러 있었기 때문에 그를 찾아 잠시 대전에 오신 모양이었다. 얼마나 심기가 허하셨기에 일면식도 없는 나에게 반생의 역정을 한꺼번에 토로하듯이 하셨을까. 시인으로서의 영광은 차치물론하고라도 울고 싶도록 구구절절한 여사의 반생.

수상의 기쁨은 서서히 왔다. 수상 다음해, 모처럼의 서울 나들이에서 인사 겸 여사 댁에 전화를 드렸다. 그날, 여사가 일행이 잠깐 자리를 뜬 사이 살며시 건네주신 조그만 상자, 만년필 한 자루. 만년필 한 자루의 무게, 천근같이 느껴지는 한 자루 만년필의, 슬픈 숙명 같은 시의 길. 종이 울린다, 숙명의 종이. 거북이 등같이 갈라진 땅을 본다.

초록 비

오동나무 밑동을 한 쪽만 적시는 비, 비가 오고 있다. 5월에 오는 보슬비[2)]는 초록빛이다. 창포물이 든 5월의 초록 비. 초록 비가 자욱이 버들꽃을 몰고 온다. 군단처럼.

버들꽃이[3)] 처마 끝 빗물받이[4)] 홈통을 스쳐[5)] 마루까지 날아든다. 버들꽃을 본 성이가 환성을 올린다.

"아빠, 눈, 눈 좀 봐."

"저런, 눈이 아니라 버들꽃이란다."

"아냐, 눈인데."

"글쎄, 꽃이라니까."

"아냐, 눈야!"

성이는 고집을 부린다. 버들꽃을 눈이라고 우기는 코흘리개 말을 나는 굳이 고치려 들지 않는다.

성이가 찰싹 개구리 모양 엎드려 그림 그리기에 열중하고 있다. 제 또래의 장난꾸러기 손에 바람개비를 들리고, 오색 바람개비는 버들꽃 빗속에도 뜨고……[6)]

아무리 뜯어보아도 눈물기라곤 하나 없는 성이의 그림에서 난 뭣을 배워야 하나.

빗줄기는 여전히 부스럭거리고 오동나무 밑동을 한 쪽만 적시고.

지금쯤,[7)] 저승에서도 비는 올 것이다. 버들꽃은 흩날리고 아카시아도 빠끔히 폈으리라. 저승의 아카시아꽃에서도[8)] 개비린내는[9)] 날까, 물큰.

움직이는 비애는 오늘도 어제처럼 흔들리고 있다.

1) "오백원"을 추가.
2) "비"를 "보슬비"로 수정.
3) "버들꽃이"를 추가.
4) "빗물받이"를 추가.
5) "메우고"를 "스쳐"로 수정.
6) "머리 위에도 바람개비는 돌고, 비 오는 하늘에도, 눈꽃 속에서도 도는 바람개비."를 "오색 바람개비는 버들꽃 빗속에도 뜨고……"로 수정.
7) "지금쯤"을 추가.
8) "는"을 "도"로 수정.
9) "가"를 "는"으로 수정.

호박잎에 모이는 빗소리 12

소리

족제비는 물에 빠졌다!
족제비는 물에 빠졌다!

회랑같이 긴 강의 상류, 마을마다 일제히 횃불을 들었다. 징을 울리고.

수백 개나 되는 횃불이 연 사흘을 두고 강바닥 아래 위를 이잡듯이 샅샅이 뒤졌지만 어찌된 일인지 족제비의 흔적은 온데간데없었다.

가끔 물살에는 백로와 나룻배 그림자만이 어른거리고 몇 올의 지푸라기만이 동, 동 떠오를 뿐 엇갈리고 엇갈리는 불빛 속에서 흐르는 물도 그 흐름을 멈춘 듯 보였다. 흐르는 물도 흐름을 멈춘 듯 보였으나 강기슭이 쉴 새 없이 비누거품을 풀고 풀기 때문에 물은 여전히 강심江心 어디선가는 흐르는 모양이었다.

담뿍 감초 냄새에 취해 세상모르고 바위틈에서 늘어지게 자던 족제비, 꿈속에서 치는 마른번개에 놀라 그만 눈 깜짝할 사이에 곤두박질 벼랑에서 떨어진 것이다.

분명 잘 익은 돌배마냥 풍덩! 떨어지는 소리는 사면에 퍼졌지만 이상스레 누구도 소리소리 '날 살류! 날 살류!' 족제비의 비명을 들은 사람은 없고 오직 사면에 퍼진 풍덩 '소리'만 제물에 소스라쳐 얼떨결에 물이랑의 무성한 개구리밥 속으로 감쪽같이 숨어버렸다.

어쨌든 얼얼한 소리는 개구리밥에 짓까불려 이리저리 떠돌다 하루는 건듯 부는 바람에 버들가지를 타고 감자밭에 올라 겨우 숨을 돌렸다.

숨을 돌린 소리는 사방을 한참 두리번 두리번거리다 에라! 내친 길에 강 건너 솔밭으로 쏜살같이 달아나버렸을까, 영영 사라져버렸다. 아마도 소리는 초가집 기둥에 매달렸으리라, 외양간 암소 요령에 매달렸으리라.

끝내 초점을 잃은 수백 개의 횃불은 이구동성으로 '이건 안 되겠군, 안 되겠군!' 징도 거두고 상류의 마을들은 다시 태곳적 고요에 잠겨버렸다.

강가에 외로운 무덤, 하나. 물에 빠진 족제비가 둔갑한 을씨년스런 무덤 하나. 뱀밥에 덮인 무덤, 실낱같은 달밤이면 조가비 모양으로 반

짜반짜 빛난다, 사금으로 빛난다.

덜커덩덜커덩 창을 내린 하행열차가 철교를 지난 뒤를 이어 하롱하롱 철교 밑을 건너는 반딧불 초롱이

"언제 저런 곳에 무덤이 있었나?"

"언제 저런 곳에 무덤이 있었나?"

파문

오늘도 그는 팔매질을 한다. 강변에 서서. 돌멩이를 던질 때마다 잡히는 크고 작은 파문들, 파문에 얼룩지는 보랏빛 망각, 상처라고까지는[1] 말할 수는 없는 망각.

과거를 생각하는 것보다 더 어리석은 일은 없다고 한 이는 누구인가.

그래도 그는 오늘 강변에 서서 돌팔매질을 하며 망각의 파문을 줍는다. 그리고 최소한도로 축소한다. 뱀을 보고 너무 길다, 한마디로 요약한 파브르의 천분이 부럽달까. 강심은 천심 같아서 온통 푸르고 푸르기만 한데 그의 흘러간 파문은 주름투성이다.

앞집은 일련종日蓮宗인가, 그런 교리를 믿는 집이었다.

빗물받이 홈통[2] 하나 사이를 두고 조석으로 두세두세거리던 독경 소리, 방울 종소리.

뜰을 덮은 목백일홍, 소나기라도 한 주름 지나는 밤이면[3] 으레껏[4] 그 해묵은 목백일홍 나무에서도 들리던 방울 종소리, 독경 소리. 그것

은 흡사 주문呪文 같았다. 안하무인격인 그들 일행이 올빼미 모습을 하고 손에 정구채 같은 북을 들고 심야, 방울 종 흔들며 읍내를 누비면, 다음날은 또[5] 중국집 처마밑의 빈 조롱에 진눈깨비가 한없이 뿌렸다.

한없이 뿌리는 진눈깨비 속을 알지 못할 신열에 들떠 단 한 번 인력거를 타고 등교를 서둘던 소년의 기억, 소년은 소학교 6학년 개근이었다. 그때 그의 꿈은 무엇이었을까. 꿈속에서는 항상 한쪽만 붉은 오디. 헤쳐도 헤쳐도 푸른 잎에 가려 한쪽만 붉은 오디. 차가운 이슬.

옆집의 분위기는 시끌덤벙한[6] 앞집하곤 아주 대조적이다. 늘 인기척이란 없고 개미 한 마리도 얼씬 않는 양 싶었다. 도둑의 굴처럼 어둠침침한 집, 타관에서 죽은 아들의 고혼孤魂을 달래기 위해 바다를 건너와 혼자 사는 여인의 집이었다.

여인은 소년의[7] 집을 자주 찾았다. 소년의 집 꽃밭에는 사철 자잘한 일년생 화초가 헝클어져 있었다. 아침마다 불단에 향을 사르는 여인은 몇 송이의 꽃을 얻으려고 소년의 집을 찾는 모양이었지만 올 때마다 마루끝에서부터 무릎을 꿇는 습성은 소년[8] 집 사람들을 웃겼다.

평소에는 도둑의 굴처럼 어두컴컴한 집이었으나 그래도 일 년에 한 번 칠월 칠석날 저녁만은 온 집안에 수없이[9] 지등紙燈을 달고 그 지등에 장식한 색지의 물결.

밤에는 물에 띄우는 나무상자 배.[10] 상자 배[11] 행렬의 잔잔한 광휘.

복판에 촛불로 돛대를[12] 세우고 수박 쪽과 참외 쪽[13] 등을 고인 모형 배[14]를, 열어젖힌 수문의 밤물결에 띄우면, 흘러들어가는 곳은 피안이 아니라 차안의 갈밭, 갈밭에 기울던 아스라한 북두칠성. 피안을 멀리 두고 갈대 뿌리에 걸려 차안에 침몰, 침몰하던 상자 배[15]의 운명들.

그런 밤에 갈대숲 게들은 무슨 꿈을 꾸었을까. 또 소년인 그의 꿈은 무엇이었을까.

곧잘 도자기로 만든 불상 앞에 소년인 그를 앉혀놓고 아삼한 광선 속에서 어깨를 슬며 슬며 '엷기도 해라, 도령의 어깨는 엷기도 하네. 훗날 색시는 반드시 네댓 살 손아래 여자를 얻어야 해요' 노래하듯 되풀이하던 여인의 나팔꽃 꼭지같이 홀쭉한 아래턱.

타관에서 죽었기에 저승에서도 고향집을 그리며 눈보라 속을 헤매고 있을 아들 생각에 한겨울에도 잠자리 날개 같은 홑옷을 입는다고 했다. 고향에서 소학교 교사였다는 일녀日女.[16]

회초리 같은 소년인 그가 성년이 되던 해, 친구에 이끌려 찾아간 곳은 엉뚱하게도 막힌 골목의 무당집이었다. 신관 복장을 한 트레머리 무녀는 신주를 모신 시렁을 등지고 눈을 감고 있었다. 친구의 설명에 따르면 무녀는 투신자살을 할 양으로, 세 번이나 현해탄에 뛰어들었다가 그때마다 구사일생으로 구조가 되어 급기야는 신이 들렸다고 했다. 친구는 이편의 의사는 아랑곳없이 무녀에게 그의 신수점 청했던가. 종이로 오린 털이개 같은 신장대를 들고 무녀는 한참이나 전신을 풍뎅이처럼 떨더니 일순 화등잔만한 눈을 뜨며 일갈하되, '훗날 당신의 색시는 네댓 살 손아래 여자라야 해요!' 전연, 뚱딴지같은 말을 일사천리로 명령이나 하듯 내뱉고 다시 목석이 되는 것이었다. 그의 얼굴에는 네댓 살 아래 여자의 초상이 그려져 있는 것일까. 천부당 만부당 누가 결혼 같은 것을 할까부냐, 그는 속으로 외치며 무당의 집을 뛰쳐나온 일도 있다.

호젓한 하숙방에서 냉수를 마셔가며 처음 담배를 배우던 그 하루는 생담배 연기를 잘못 들이마셔 졸도를 하여, 하숙집 할머니의 간담을 서늘케 한 웃지 못할 난센스도 있었다.

바닷물이 출렁거리는 부둣가 하치장의 인부가 되고 싶어 무작정 항구를 찾던 그 무렵.

항구에는 짙은 화장의 우리네 호박꽃들이 무표정한 다리를 건들거리고, 철조망 저편의 이국 병사들은 갈매기만 쳐다보며 휘파람을 날리고, 슬픈 소망이던 부두 노동자가 되는 데는 지참금(?)은 필요했다. 눈물을 머금고 돌아설 수밖에 없었던 무일푼의 그.

그는 허망한 세월 속의 한낱 과객이었다. 은행원 노릇도 하고 미군[17] 부대의 문전에도 서고, 교편도 잡았으나 어디든 마음 붙일 곳이란 한 군데도 없는 허망한 세월 속의 과객이었다.

톨스토이의 『인생독본』 영향만은 아니지만 평생 독신을 신봉하던[18] 그가 종학 형의 다락방에서 가슴을 저미며 근 열흘을 앓다가 결혼을 결심한 것은, 졸지에 어버이를 여의고 전쟁에 시달리고 뒤늦은 연령에서 오는 슬픈 육체 탓이었을까. 아무런 준비도 없이.

예수님은 여자를 연약한 그릇이라고 했지만, 던져도 쨍 소리 하나 안 나는 그런 여자는 어디 없는가?

폴 고갱이 그린 타히티 섬의 마당발의 여자여!

'우리는 어디서 왔으며 우리는 무엇이며 우리는 어디로 가는가?'

은밀히 이르노니 행복이 아주 너를 싫어하더라.

1) "상처라고는"을 "상처라고까지는"으로 수정.
2) "홈통"을 "빗물받이 홈통"으로 수정.
3) "날이면"을 "밤이면"으로 수정.
4) "으레껏"을 추가.
5) "으레껏 다음날은"을 "다음날은 또"로 수정.
6) "시끌덤벙한"을 추가.
7) "그의"를 "소년의"로 수정.
8) "그의"를 "소년"으로 수정.
9) "두른 굵은 노끈에 갖가지"를 "수없이"로 수정.
10) "상자 같은 나무배"를 "나무상자 배"로 수정.
11) "나무배"를 "상자 배"로 수정.
12) "돛대같이 촛불을"을 "촛불로 돛대를"로 수정.
13) "속은 모조리 바른 수박, 참외"를 "수박 쪽과 참외 쪽"으로 수정.
14) "나무배"를 "배"로 수정.
15) "작은 배"를 "상자 배"로 수정.
16) "여인"을 "일녀(日女)"로 수정.
17) "외인"을 "미군"으로 수정.
18) "주장하던"을 "신봉하던"으로 수정.

호박잎에 모이는 빗소리 13

염소

망초꽃 하얀 둔덕에 검은 염소 한 마리가 점[1]처럼 매여 있다. 둔덕 아래는 계곡, 돌돌돌돌 물이 흐르고 고즈넉한 새벽의 고원은 무한한 초원이다. 천상에서 울리는 오현금.

염소는 흐르는[2] 물을 보다, 무한한 초원을 보다, 천상의[3] 오현금을 듣다, 잠시 심사숙고의 자세로 뿔을 세운다. 엄지손가락만한 산호뿔, 잠시 무엇인가를 골똘히 심사숙고하는 염소의 시간은 수유須臾일지라도 어쩌면 저 영겁과도 통하는 것일까.

한 떼의 구름이 몰리고 사향이 풍기더니 옥수수수염을 날리며 화산華山의 노자가 거짓말처럼 염소 옆에 서 있다. 미소 머금고 허리에 호리병박을 찬 노자의 도포 자락은 갈라진 파초잎 모양 말씀이 아니다.

천상의 오현금 가락은 멎고. (간밤에 노자의 초막에서는 곡성이 낭자했다.)

"도사님, 어디 가시나이까."

"서역 만리."

"서역 만리?"

"함곡관을 넘어 사천성으로 가려네."

"도사님, 춘추가 몇이옵니까."

"선팔십 후팔십."

"어떻게 가시나이까."

"물소를 타고."

"왜 가시나이까."

"작은 자여, 자네만이 부러우이. 자네가 되려네."

"제가요? 미천한 제가 어찌 부럽사옵니까."

"자연무위."

"도사님."

"배추씨처럼 살짝 흙에 덮여 사려네."

"도사님, 도사님."

"……"

검은 염소가 숙연히 머리를 조아리고 있는 사이 천상의 가락은 다시 울리고 노자는 바람처럼 가볍게 물소의 등에 올라 표연히 사라졌다.

건너편 깎아 세운 듯한 낭떠러지에 새벽별이 진주 모색으로 빛난다.

어제도 검은 염소는 산호 뿔을 세우고 망초꽃이 하얀 둔덕에 점[4]처럼 매달려 천년의 메아리를 아무렇게나 삭이며 되삭이며,

수염이 석 자라도 먹어야 살지 하고 있었다.[5]

해바라기

다람쥐 쳇바퀴 돌듯 무미건조할 수밖에 없던 나의 일월이었지만 그래도 지나온 여정을 생각하면 8·15의 감격보다 더 큰 감격이 있었을까.

귀향자를 맞는 정거장은 시간마다 환호성, 박수의 세례 충천하고, 태극기의 파도, 만세 소리 또한 삼천리에 메아리쳤다. 뜨거운 태양 아래 해바라기는 가슴을 열고.

해방 전전해던가, 갓 시골에서 학교를 나온 나는 금강을 거슬러 똑딱선을 타고 조선은행 군산 지점에서 형식만의 면접시험[6]을 치른 후

서울[7] 본점에 있게 됐다. 전시인데도 신입 행원의 환영회는 굉장했던 것 같다. 장소는 명월관이던가, 기생이 나오고 장구가 울리고, 술을 못 먹는 나는 교자상 머리만 바라보고 있는 장날에 나온 시골 닭이었으리라. 석 달을 소각할 지폐만을 헤다 예금계로 돌았으나 2, 3인의 작업량을 혼자 도맡다시피 한 나의 책상에는 삽시간에 쌓이는 수표, 전표의 무더기.

잡무를 정리하고 나오면 막전차의 애절한 경적이 지금도 새삼스럽지만 그보다도 점심시간이면 남산 밑[8] 임겸林兼식당을 찾아 한 그릇 잡취[9]를 먹으려고 장사진에 쓸리는 고역이야말로 딱했다 할까. 그나마 도중에 줄이 끊기면 헛되이 발길을 되돌려야 했던 슬픈 행렬.

하숙도 한 달에 한 번꼴로 옮겨야 했다. 다행히도 친구의 소개를 받아 서대문 동양극장 앞 유한양행의 뒷집, 한말에 나인이었다는 할머니의 친절에 겨우 숨을 돌렸다.

폭격기 B29의 꼬리가 까마득히 남산 상공에 출현하던 무렵, 물자의 궁핍도 궁핍이려니와 시골 태생이어선지 고객의 전화를 받다가도, 장부를 기록하다가도, 문득문득 눈에 고향이 삼삼해 막연했고, 하는 일이 모두 남의 일만 같아, 실지 남의 일이겠지만 신명은 고사하고 자실自失했었달까.

죽마지우[10]인 S는 광화문 쪽에 살고 있었다. 하루는 용기를 내어 회중전등을 비치며 일대를 샅샅이 누벼 가까스로 번지수만은 찾았으나 차마 대문을 두드릴 용기는 없어 골목을 서성이다가 마침 지나는 소녀를 시켜, 등화관제에 흐릿한 전신주 밑에서 만난 기억, 미당의

『화사집』에서 나오는 샤를 보들레르처럼 괴로운 서울 여자. 솔직히 S를 만난 후에 더욱 서울이 싫어졌을는지도 모른다.

나의 잠재적인 열등감일까. 비단 S의 경우만은 아니래도 나는 여자 앞에서 열등감을 느낀 성싶지만.

누가 말했던가, 병든 서울, 병든 서울은 단순하게만 자란 그래도 조금은 행복한 나에게 처음 고독을 알게 했다. 달개비의 보랏빛이 그립고 황톳빛이 그리웠다.

도연명의 「귀거래사」는 육조시대의 명문이라지만 명문을 쓰기까지의 본인의 심사인들 오죽했으랴.

요행히도 고향 가까운 대전에 지점을 신설한다는 것이다. 마음이 설레었다. 누가 인선되어 갈 것인가. 관례대론 신설 지점은(현지 채용을 할망정) 중견 행원 중에서 선발하게 돼 있었다. 그러니 불과 이 년 미만인 신입 행원이었던 나는 바랄 수도 없었지만 조그만 기적은 일어났다. 이것은 오로지 애타게 귀거래를 갈망하던 나를 안타까워하던 Q의 숨은 우정이었다.

송별연은 아서원에서였다. 도망하다시피 몽매간에도 그리던 고향, 가까운 전원으로 돌아왔으나 이곳도 타관, 궁핍한 물자 사정은 서울과 엇비슷했다.

그래도 당시 인구 오만의 대전천은 물이 맑아 물새가 날고 근교엔 산책하기에 안성맞춤인 유성온천이 있어 자못 위안이 되었다.

고맙게도 이름뿐일망정 시립도서관이 큰길을 등지고 있었다. 둘레는 온통 왜식 일변도에다 친지도 없는 나는 그다지 찾을 곳이란 없어 근무만 끝나면 자주 도서관을 드나들었다. 전시 일색인 만큼 살뜰한 책이 있을 리 만무하지만 그런대로 책을 읽는다는[11] 것은 즐거웠다.

딱딱한 도서관[12] 벤치에 앉아 창밖에 흐르는 구름을 바라보며 엉뚱하게도 상해로 가는 뱃머리를 좇기도 했던, 술도 담배맛도 모르던 순백한 시절.

그런 어느 날, 나는 야간 군용열차를 타야 했다. 나의 연령은 그들이 실시한 징병에 소위 제2기생에 해당되었다.

공습이 무서워 모조리 불빛을 죽인 칠흑의 역, 홈, 무언의 분노에 일그러진 부형들이 비춰주는 횃불 속을 가야 했던 우리들의 행진이야말로 사지로 향하는 피의 행진.

부끄러운 8 · 15는 용산역두에서 맞았다. 불과 한 달 남짓한 그들의 사역병이었던 우리를 무슨 애국자인 양 군중들은 얼싸안고 환호성, 박수의 세례, 나는[13] 부끄럽고 죄스럽기 짝이 없었다.

해바라기! 그때로부터[14] 서른한 살의 해바라기여! 해바라기 속의 촛불이여! 어찌 우리 그날을 잊으랴.

1) "점"을 추가. 탈자를 교정한 것이다.
2) "흐르는"을 추가.
3) "천상의"를 추가.
4) "점"을 추가. 탈자를 교정한 것이다.
5) "하고 있었다"를 추가.
6) "구두시험"을 "면접시험"으로 수정.
7) "서울"을 추가.
8) "남산 밑"을 추가.
9) 「호박잎에 모이는 빗소리 9」 각주 9 참고.
10) "죽마고우"를 "죽마지우"로 수정.
11) "읽는"을 "읽는다는"으로 수정.
12) "도서관"을 추가.
13) "나는"을 추가.
14) "그때로부터"를 추가.

호박잎에 모이는 빗소리 14

풍선의 바다

제재소 작업장에서 원목 켜는 소리가 흡사 비 오듯, 심산유곡의 매미 울음을 연상케 하는 삼복三伏.

건널목 일각一刻에 풍선이 둥둥 떠있다. 미아인 양.

풍선은 물이 말라 하상河床까지 들여다보이는 다리, 난간동자에도 걸려, 다리 밑에는 주름투성이의 노인이 허구한 날, 강냉이를 튀기고 있다. 지금은 산간벽지에서도 보기 드문 풀무질을 하며.

추억의 씨앗처럼 부푼 강냉이가 봇물 터지듯 쏟아져나올 때마다 평평 울리는 허허로운 폭음.

여분餘分 같은 음향을 됫박으로 받아 헌 마대에 채우고 있다.

빛바랜 유지油紙 같은 풍경.

일 년에 하루만이라도 천사의 나래를 달아주고픈 정경.

풍선은 또 둥둥 떠서 개봉관에 밀려, 폐관 직전의 변두리 극장, 얼룩진 자막에도 걸려, 자막에 공전하는 낡은 필름, 가닥가닥 끊겨 이제는 아귀를 맞출 수도 없는 해묵은 필름, 다만 흘러간 영화의 제목만이라도 아스라이 아스라이 비치는가.

〈돌아오지 않는 강〉

〈백주의 결투〉

〈석양의 무법자〉

〈상처뿐인 영광〉

〈도망자〉

개미 한 마리도 없는 텅 빈 객석.

어느 틈엔가 풍선은 갈대발을 친 시인의 창변窓邊에도 걸려, 창변에 파닥이는 몇 마리 울새여.

골담초 숲에서나 구름 위에 태어났어도 좋았을 무능한 아버지의 울새들이여. 새삼 너희들의 얘기사 쑥스럽지만 허나 어쩌랴, 찌는 듯 복중의 낮술 탓이랴.

맏이 이름은 노아, 노아의 방주가 아니더라도 남태평양 어느 섬에 선가는 향기롭다는 뜻의 노아, 노아.

병원 창구에 앉아 온종일 주판알을 굴리다, 해바라기가 좁은 담장을 한 바퀴 돌면, 총총히 돌아오는 새.

한 달에 한 번 제 먹을 만큼의 먹이를 물어오는, 애오라지 그냥 두고 봐도 좋을 화단의 꽃을, 굳이 꺾어 화병에 꽂아야 직성이 풀리는 너는 당년, 몇 살?

노아 아래는 연, 연꽃 연이 아닌 물 찬 제비 연.

암녹색을 가장 좋아한다는 새, 나름대로 밀레의 생애를 동경하며, 샤갈의 환상을 좇는 장차 화가 지망의 고3.

국민학교 1학년 때, 일등을 하고도 울고 온 새, 성적표 순위란의 숫자가 100이 아닌 1이었기에.

셋째는 수명, 산자수명의 수명, 명경지수의 수명.

전국[1] 아동극 경연대회에서 연기상을 탄 무대의 새, (바지가 벗겨지는 것도 모를 정도로 열연을 하더니), 풀잎 각시.

소망을 물을라치면 서슴지 않고 아빠의 금주를 먼저 드는 우리집 효녀?

진아는 넷째, 진선미의 진, 진주알의 진.

어느 날, 길을 건너다 그만 연탄 삼륜차에 치어 구사일생으로 소생한 새.

밀빛 방아깨비 같은 아이, 쪼르르 쪼르 집안의 잔심부름은 도맡아 한다. 혼자 집을 보는 날이면, 다락방에 박혀 피리를 부는가 하면,[2] 심지어 변소 안에서도 피리를 분다(아동용이지만).

여섯 살 성이는 막둥이, 만리장성의 성, 재성.

까투리 중의 유일한 한 마리 장끼랄까. 아빠는 만년 낭인이어서 엄마한테만 응석을 부리는 엄마의 새, 치외법권의 새.

방안 통소인 성이가 십원짜리 종이호랑이 탈을 쓰고, 으르렁으르렁거리다 제풀에 시큰둥해, 이번은 수돗가 물탱크에 장난감 통통배를 띄우더니 물장구를 치기 시작했다. 동시에 창변에 파닥이던 울새들이 약속이나 한 듯 일제히 장단 맞춰 바다! 바다!를 외치며 아우성이다. 불티 붙은 듯.

바다! 삼복의 바다, 두둥실 풍선의 바다.

와르르와르르 통나무 산더미가 일시에 무너져내리는 듯한 서해. 대천 바다로 갈거나.

탁류 굽이치는 째보 선창의 소금기뿐인 군산 앞바다.

인천, 월미도 갈매기 따라갈거나.

가물가물 수평선과 잇닿은 묵호의 플랫폼, 가랑비에 한들거리던 한 송이 산나리, 어찌 잊으랴.

차창으로 손을 뻗치면 금시라도 푸른 물감이 점점 묻어날 듯한 가도 가도 동해.

일일 한 번[3] 왕복의 목탄차, 어쩌다 차편을 놓치고 백여 리를 걸어도 걸어도, 미역 냄새 풍기는 청송青松 백사白沙가 하 그리 고와 즐겁기만 했던 강릉의 바다.

블라디보스토크의 물보라가 방파제를 치던 청진의 잿빛 바다. 끊임없이 황금분할을 울부짖고 있는 듯했던 일제 치하의 파도를 어찌 잊으랴.

남해로 갈거나. 한밤중 동백꽃이 송이째 떨어지는 동백섬, 만년의 신석정 선생이 나에게도 극구 찬양하시던……

어제의 바다로 갈거나. 내가 처음 바다를 본 것은 여수에서였다.

도착 시간이 저녁이어선지 등화관제하의 여수 거리는 몽롱했고 붉은 도미가 상에 오른 여관방, 이층에서 내려다보이는 바다 역시 오리무중,[4] 몽롱했었다.

중학교 하급반인 나는 여름방학 휴가로 귀성하는 일인日人 담임교사와 동행이었다.

갓 학교를 나온 젊은 교사는 한사코 나에게 그의 고향 풍물을 구경시켜준다는 것이었다.

이 갑작스런 호의에 나는 감전되어 있었달까. 녹아도鹿兒島 어느 지방이라던가, 그의 고향은 담배[5]의 명산지라 했다.

하룻밤을 여관에서 묵은 우리들은 연락선을 탈 양으로 아침 부둣가로 나왔다.

시국은 소위 태평양전쟁중이어서, 현해탄에는 어뢰가 묻혀 있다 하여, 부산에서 떠나야 할 관부연락선이 여수항을 돌던 무렵이니까 생각하면 아슬히 먼 날이다.

아침 바다는 반딧불빛이었다. 반딧불빛 바다에도 국경선은 그어져 있었던가. 출항의 닻을 올리는 연락선은 바로 눈앞에 있었다.

일행에 끼어 승선의 차례만을 기다리던 나에게, 능청스럽게 울리던 확성기 소리는 차라리 협박조였다. 반도, 반도인들은 도항증명서를 제시하라는 것이다.

기껏해야 일주일 남짓한 짧은 여행, 거기다 일인 교사의 동반이고 보니, 이웃집 마실가듯 한 가벼운 기분에 증명서 따위가 있을 리 만무했다.

연거푸 확성기의 탁음은 나에게 집중 화살을 꽂는 것 같았다.

쫓기는 죄인인 양 나는 슬그머니 열중列中에서 이탈할 수밖에.

전연 예기치도 않았다는 듯한 일인 교사의 당황스런 표정. 한 올 미련도 없이 무언인 채, 되돌아선 발길이었으나 참으로 얼굴 뜨거운 일순이었다.

어처구니없는 치욕의 응어리는 훗날, 아주 훗날, 연극 〈흑룡강〉이던가, 부민관 무대에서 뿌리던 배우 유계선의 눈물로도 씻을 수 있는 성질의 것이 아니었다.

누전漏電된 일본행이 결코 슬픈 것은 아니었지만 부끄러운 대로[6] 만일 지구가 평평한 원반이라 한들, 고대 그리스인처럼 그렇게 믿어 의심하지 않았을 어린 나에게 일제의 명목이야말로 빛 좋은 개살구였다.

곧 호남선 열차에 올라, 내키는 곳에 멎었다가 내키는 곳에서(연료 보급 때문이라던가) 출발한다는 광막한 시베리아철도를 상상하며 귀가했었지만.

사족이지만 그 일인 교사는 어찌된 셈인지, 긴 방학이 끝났어도 다시는 학교에 모습을 나타내지 않았었다. 실은 그때 일시 귀성한다는 여객치고는 수하물 양이 의외로 많았던 것 같다.

돌이켜보면 그날의 치욕은 나의 도정에 있어 창해일속에 지나지 않았지만 나의 첫번째 바다는 끝끝내 거부하는 몸짓이었다.

나의 바다는 짙은 안개 속에서 가끔은 고동을 울린다.

첫번째 바다는 내게 처음 충격적인 망국민의 비애를 안겨줬던가.

자유의 바다에도 국경선은 그어져 있었다.

콩잎이 도르르 말리는 삼복의 바다.

1) "전국"을 추가.
2) "하면"을 추가.
3) "한 번"을 추가.
4) 쉼표를 추가.
5) "엽초"를 "담배"로 수정.
6) "부끄러운 대로"를 추가.

호박잎에 모이는 빗소리 15

여치

안녕하세요, 아저씨.

확실히 계절에도 낙차는 있는가봐요.

백로와 추분 사이, 추분과 백로 사이. 남들이야 내의 한 벌 바꿔 입을 정도의 낙차겠지만 저야 어디 그렇습니까.

계절의 낙차, 그야말로 제겐 치명, 치명적이랍니다. 노아의 홍수보다도 무섭죠. 천 길 낭떠러지랍니다.

아저씨 지평에 맞닿는 낙차에 몰려 몰려 글자 그대로 일엽편주 의지하여 와신상담 구사일생으로 상륙이랄까, 그 말이 좋겠군요. 제가 상륙한 곳이 어딘 줄 아세요. 어느 중간 도시의 변두리, 잡초 우거진 하천부지의 말뚝이랍니다.

아직 풀섶에 폴폴 메뚜기가 날고 있어야 할 철인데도(메뚜기는 유월이 한철이라지만) 송장메뚜기 한 마리 얼씬거리지 않데요. 허기사 수삼 년 피해갈 수도 없는 농약의 피해로 메뚜기는 고사하고 논배미의 우렁, 게마저도, 깡그리 씨가 마른 모양이니까요. 그래도 어디선가 참새들은 곳곳마다 악착같이 모여들어 미처 영글지도 않은 벼이삭을 하얗게 말린다니, 곳곳마다 남녀노소 막론하고 후여후여 새 쫓기가 일과라니. 아저씨도 언젠가 〈마라푼다〉라는 영화를 보신 일이 있죠. 몸서리나는 영화였어요. 우리네 황금 곡창이 그렇게는 될라구요, 어림도 없지요.

아저씨 제가 일엽편주 낙차에 휘말려 표류해오는 동안 외롭고 지루하지는 않았냐구요. 앞에서도 말했듯이 와신상담 구사일생이었다니까요. 초로 같은 이 목숨 하나 부지할 양으로 눈코 뜰 경황도 없었으니까요. 제 집이랬자 차라리 초막이란 말로도 부끄러운 그런 오막살이였지만 그래도 그거나마 늦장마가 난데없이 할퀴고 가버렸으니 사고무친의 몸, 어디 그런 여유마저 있었을라구요. 아저씨 신문 보도만 보더라도 실상 이번 늦장마는 마냥 무시무시했던가봐요. 논바닥이 갈라지는 가뭄 끝의 단비가 설마설마하는 동안 장대 같은 집중 폭우로 돌변했던가요. 삽시간에 몇만 평의 전답이 침수하는가 하면 가옥·교량의 유실은 제쳐놓고라도 어느 지방에선가는 할머니 한 분이 탁류에 둥둥 떠내려가는 호박을 주우려다 그만 실족을 하여 익사했다니 정말 기가 막힐 노릇이네요.

헌데 아저씨 잡초 우거진 하천부지의 말뚝에 표류한 제가 무슨 재간으로 잡다한 삼거리를 뚫고 이 집 추녀 밑에서 모시 올 같은 금선을 긋고 긋고 있냐구요. 흡사 여름 강가 소금쟁이, 물방개, 오줌싸개 들이 수면에 분주히 금을 긋듯. 달빛 탓이랄까요. 이백李白의 달빛 탓이랄까요. 천생연분이죠. 실은 하천부지에서 자갈을 실어나르는 달밤의 마차 꽁무니에 붙어서 왔죠. 그런데 아저씨 목하 이 집 주인은 환자라나봐요. 엄청난 타박상이랍니다. 근 일주일 연금 상태에 있나봐요. 그러니까 그날 아침, 깨어보니 뜻밖에 정강이가 퉁퉁 부어 있었다죠. 전날 자정이 넘도록 마신 고주苦酒가 문제라면 문제겠죠. 황망히 돌아와 자리에 쓰러진 것까지는 어렴풋이 기억이 나는데 대체 어디서 어떻게 무엇에다 무지막작 부닥뜨렸는지 캄캄하다나요. 평지낙상이라더니 평지낙상인지도 모르죠. 그럼에도 찰과상이 아닌 것만을 감지덕지하여 펜브렉스나 먹고 안티푸라민이나 바르면 저절로 가라앉을 줄 알았다나봐요. 그런 것이 웬걸요. 일주일이 가도록 부기는 빠질 염도 않고 정강이는 오히려 천도빛으로 민들민들하니 환부에는 포도상구균이 생기는 징조겠죠. 보다 못한 식구들이 엑스레이를 찍어봐야 한다느니(무릎뼈가 상했을까봐) 혈액검사를 해야 한다느니(포도상구균이 생겼을까봐) 이구분분하니 가장으로서의 체통이야 어쨌든 백두白頭 오십에 그게 무슨 꼴선입니까. 마치 혈거인穴居人인마냥 눈만 껌벅거리고 있네요.

아저씨, 제가 천수답 같은 이 방 책꽂이를 훑어보니 혈거인마냥 누웠는 이 집 주인은 아마도 시인인가보죠. 그렇죠. 책꽂이에 노천명의 『산호림』을 비롯하여 기라성 같은 시집들이 즐비하네요. 한하운의 『보리피리』도 보이네요. 아저씨, 제가 어떻게 그런 걸 아냐구요. 저는 이래봬도 가인歌人의 후예니까요. 금박 은박의 제자題字만 봐도 대충 눈어림으로 책의 종류야 구별할 수 있죠. 저는 백두 시인에게 물어봤죠. 카인을 아시나요? 시인이 카인을 어찌 모르겠소만. 묵묵부답이데요. 제 질문이 너무 황당무계했을까요. 가소로웠을까요. 카인쯤이야 저도 알고 있답니다. 여호와가 동생 아벨의 제물은 받고 자기의 것은 거절한 것을 질투한 나머지 동생을 죽인 끔찍스런 사건이죠. 제법 아는 체를 한다구요. 제발 오해는 마세요. 뭐니 뭐니 해도 오해보다 두려운 건 세상에 없죠. 저야 뭐 서당개 삼 년에 풍월을 읊는 격이죠. 저야 뭐 남의 등 너머 들은 가락이니까요. 시골에도 야간학교, 교회는 얼마든지 있으니까요.

아저씨, 책꽂이 외에 아무런 장식도 없는 시인의 방에 신묘하게도 씨오쟁이 하나가 횃대에 대롱거리고 있네요. 씨오쟁이? 새끼로 눈을 촘촘히 그물같이 떠서 물샐틈없이 만든 주머니죠. 이른봄 밭갈이 가는 농군의 지게뿔에도 매달렸을 씨오쟁이! 일종의 훌륭한 민예품이죠. 봉숭아가 씨방에 씨를 간직하듯 이 집 주인은 상강이면 수수 이삭, 조 이삭, 옥수수, 해바라기뿐만 아니라 분씨까지도 이 오쟁이에 챙겨넣고 삼동내 감상을 한다나봐요. 고상한 취미죠.

딴은 세잔의 사과는 만져보고 싶고 르누아르의 과일은 씹어보고 싶다지만 세잔이나 르누아르의 정물화가 어찌 수수 이삭, 조 이삭, 옥수수…… 등의 자연의 정감을 따를 수 있으리오.

아저씨 아저씨 제게 귀 좀 대보세요. 들리지요. 제 사랑스런 친구, 친애하는 친구가 이 집 부엌에서도 금선을 긋네요. 제 쇠잔한 노래보다는 얼마나 촉기 어린 미성美聲이에요. 황홀하죠. 일정한 간격을 두고 음악 시간의 메트로놈처럼 반복하네요. 자숫물통 부셔라, 함지를 가셔라, 가시나무에 가시가 난다. 푸정나무 들이고 아궁이를 고쳐라, 구들장 맞춰라. 쟤들이 뭐 여기가 즈네 산골 동네인 줄 아나봐. 가관이네요. 감을 따라, 밤을 털고 대추도 털라, 들깨도 털고 호박고지 썰라. 시시때때 불씨를 돌봐라. 점점 가경이네. 여길 어딘 줄 알까. 중간도시라지만 인구 오십만을 돌파한 대처인 줄 모르나봐. 착각 또한 두렵죠. 착각은 언제나 아전인수 격이니까요.

아저씨, 예서 전에 제가 선친께 누누이 들은 십자로는 어느 방향일까요. 호남선의 시발점, 서대전역에서 약 십 리쯤 떨어진 철로 건널목이라는데, 각종 차량이 대단히 붐비는 요소라나요. 여기를 혈혈단신 선친께서 피난(6·25 때)을 가다 본 광경인데요. 장렬히 전사한 흑인 병사의 군화를 에워싸고 제 동료들이 또아리져 목놓아 울더라나요. 그날의 제 동료들의 장송곡이야말로 적막강산에 처참타 못해 장엄무쌍하더래요. 흑인 병사는 낙오병였냐구요. 아니죠. 십자로를 사수하던 용사였죠. 그 흑인 병사의 고향은 어디였을까. 시카고의 곡물 시장이었을까, 미시시피강의 하류였을까. 죽는 날까지 에덴의 낙원을 꿈꿨겠죠. 그도 무하마드 알리의 형제였겠죠. 어떻게 무하마드 알리를 아냐구요. 텔레비전 안테나는 방방곡곡 얼마든지 있답니다. 사투 끝에 쟁취한 명예와 영광의 상징, 금메달을 오하이오 검은 강에 헌신짝 버리듯 버린 알리의 슬픈 분노. 끝내 삶의 극한상황에서만 공동체를 느끼는 흑과 백의 갈등? 생리? 운명?

그날, 말없는 무덤으로 누웠던 흑인 병사의 십자로에도 머지않아 무서리가 내리겠죠.

무서리는 고란사 앞뜰 은행잎도 물들이고 백마강 변 구름처럼 된 구절초도 시들게 하겠죠. 제가 가장 좋아하는 꽃, 아저씨, 폐가 안 된다면 제가 암송하는 구절초의 시 한 편 들어주시겠어요.

누이야 가을이 오는 길목, 구절초 매디매디 나부끼는 사랑아
내 고장 부소산 기슭에 지천으로 피는 사랑아
뿌리를 대려서 약으로 먹던 기억
여학생이 부르면 마가렛트
여름모자 차양이 숨었는 꽃
단추 구멍에 달아도
머리핀 대신 꽂아도 좋을
사랑아
여우가 우는 추분秋分, 도깨비불이 스러지는 자리에 피는 사랑아
누이야 가을이 오는 길목 매디매디 눈물 비친 사랑아.

아저씨, 가을이 가기 전에 이 가을이 가기 전에 지금도[1] 역 대합실

같은 데서 줄지어 새우잠을 자는 사람들을 생각해야겠죠. 허나

아저씨 제가 촉각을 세우고 아무리 촉각을 세워 버틴다 해도 벽오동나무 열매가 익어, 주걱 같은, 주걱 같은 깃을 달고 바람에 흩날릴 때까지는 살지 못할 거예요.

선사시대도 그랬듯이. 제가 누구냐구요. 아저씨 왜 있잖아요. 이솝우화에도 나오는 제 별명은 베짱이라고도 하죠.

저는 가인의 후예이기도 하지만 한편 카인의 후예이기도 하죠. 아득한 아득한 선사시대도 그랬듯이, 우리들은.

1) "작금도"를 "지금도"로 수정.

호박잎에 모이는 빗소리 16

그림 없는 액자

안녕하세요, 아저씨.

들에 산에 억새풀이 백마의 갈기머린 양 나부끼네요.

억새풀에는 모시베 갓싸개 같은 뱀허물이 걸리고 이웃 마을 토담에 물든 홍시는 점점이 계절의 여운 같군요.

아저씨, 이제 밤에[1] 풀벌레는 울질 않아요. 이제 밤이 아무리 깊어도 풀벌레들은 울질 않아요. 어둠의 어디를 튕겨도 말로 섬으로 쏟아지던 소리였는데요. 아저씨

상강霜降인 탓일까요. 간밤 잠결엔 마지막 은행알 떨어지는 소리를 들었죠.

해묵은 대숲 사이로 별밭이 유난스레 반짝이네요. 싸리꽃밭 같죠.

벌통을 뒤엎은 듯하네요. 풀벌레들은 승천하여 별밭으로 솔거를 했을까요. 아저씨, 휘영찬 별빛에 둘러싸인 풀벌레들은 뭣을 하고 있을까요. 흘러간 노래, 〈황성 옛터〉나 〈울 밑에 선 봉선화〉를 부르고 있겠죠.

아저씨, 며칠 전까지도 풀벌레들은 누다락, 문갑, 벼룻집은 물론 심지어 방장 자락을 에워싸고 여울물 흐르듯 했는데요. 이젠 물로 씻은 듯이 없네요.

아저씨, 간밤엔 또 마지막 알밤 떨어지는 소리를 들었죠. 아저씨, 풀벌레들은 오랜만에 참으로 오랜만에 언덕에서 울리는 새벽 종소리, (언덕 위의 교회는 여름 내내 문을 닫고 있었죠) 종각에서 울리는 종소리에 풀려 어스름을 타고 총총히 장터로 내려갔을까요. 아저씨

안개 서린 새벽 저잣거리는 김이 무럭무럭 오르고 있었겠죠. 마차꾼 · 리어카꾼 · 지게꾼의 열기에 섞여 풀 이슬에 무릎까지 젖은 아낙네의 광주리, 찌그러지고 일그러진 군상이 빚는 아비규환, 갖은 잡음으로 번지는 아비규환을 아저씨, 풀벌레들은 어떻게 생각할까요. 진실로 찌그러지고 이지러진 군상들의 이 혼탁한 아비규환이야말로 가장 값진 여명을 위한 첫울음인 것을, 아저씨 풀벌레인들 모를 리는 없겠죠.

『레 미제라블』의 장 발장은 하는 수 없이 한 쪽의 빵을 훔쳤지만 보리 한 톨을 위해 바가지로 흘리는 이들, 이름 없는 빈자들의 땀방울이야말로 보석보다도 귀하죠.

허나 아저씨, 별밭에도 장바닥에도 없는 풀벌레들은 대체 어디 갔

을까요. 어둠의 어디를 튕겨도 말로 섬으로 쏟아지던 소리였는데요. 돌이켜도 사면을 돌이켜도 풀벌레 소리 하나 없는 밤은 전혀 공동空洞이네요. 배 떠난 나루터 같네요. 설마 우리들의 풀벌레가 저 월남의 피난민들처럼 지리멸렬, 산지사방으로 흩어졌을라구요. 아저씨, 월남 얘기가 나왔으니 말이지 작년 '사이공 최후의 목소리'로 지상誌上에 발표됐던 그곳 한 여대생의 「잃어버린 결혼식」이라는 수기 한 편이 떠오르네요. 아저씨도 기억하고 계시죠.

스물세 살의 여자에게 있어 우주라는 것은 그렇게 넓은 것이 아닙니다. 사랑하는 남자의 가슴 넓이만한 것입니다. 스물세 살의 여자에게 있어 행복이라는 것은 그렇게 사치스러운 것은 아닙니다. 꽃수레의 포장만 있으면 됩니다. 스물세 살의 여자에게 있어 평화라는 것은 피를 흘리며 빼앗아야 하는 것이 아닙니다. 그것은 아주 조용한 신방에 켜진 저녁 촛불입니다. 역사와 평화와 행복이라는 것은 스물세 살의 여자에겐 단지 사랑하는 이의 사랑하는 눈빛입니다. 1975년 4월 5일. 4월의 불덩이 같은 태양이 지고 노을이 물들기 시작하면 홍색 아오자이를 입고 신랑인 당신 곁에 앉아 혼주를 마시고 불그레한 볼로 결혼식을 합니다. 곱게 꾸며진 레러이 식장에서 축시를 들으며 결혼식을 합니다. 우리들의 신방엔 촛불이 밝혀지겠지요. 그 밤에 나는 당신에게 무슨 말을 들려드릴까요. 또 당신은 나에게 무슨 사랑의 이야길 하실까요. 오늘은 4월 5일. 기숙사의 딱딱한 침대에 엎디어 아침을 맞이합니다. 꽃처럼 화사한 신부의 모습이 아니라 끝없는 눈물로 얼룩진 얼굴로 이 아침을 맞이합니다. 일주일의 휴가를 얻어 결혼식을 올리겠다던 당신은 지금 어디에 계십니까. 어느 전선의 어느 참호 속에서 이 아침을 맞고 계십니까. 살아서나 계십니까…… (이숙자 역)

이 눈물어린 글발은 숫제 통곡이죠. 혈서죠.

그러니 아저씨, 매일 밤, 그지없이 현란한 금선으로 칠흑을 장식하던 우리들의 풀벌레가 그토록 비참해서야 되겠습니까.

아저씨, 그러나 타산지석— 우리들의 풀벌레는 흔연히 칠갑산 단풍놀이에 갔답니다.

낭산 기슭의 백결白結 선생처럼 거문고를 둘러메고요.

칠갑산이 어디냐구요? 이 고장 충청도의 명산이랍니다. 면암勉庵의 향리에 있죠. 면암이 누구시냐구요? 아저씨, 우리말 사전에도 나와 있네요.

이조 고종 때의 배일파의 거두로서 광무 9년 1905년 을사조약을 반대하고 의병을 일으켜 항쟁하다가 대마도로 귀양을 가서 객사한 최익현 의사義士 말입니다. 뿐더러 의병장 민종식이 의병을 모아 요원의 횃불을 든 곳이기도 하죠. 다래 머루는 지천이고요, 고사리의 산지로도 유명하죠. 실낱같이 가는 이곳 고사리는 말렸다 삶으면 흡사 송이버섯 맛이라나요. 은나라의 처사 백이·숙제가 만일 한국에 태어났다면 수양산 아닌 이 골을 택했겠죠.

병풍 같은 칠갑산의 구십구 골谷 능선에 불붙는 오색 단풍은 색동 비단을 깐 듯 화려하여 천하의 일품이죠. 풀벌레들은 그 화려하여 그지없는 칠갑산 구십구 골의 단풍놀이에 갔죠.

아저씨 대둔산의 단풍은 어떠냐구요? 대둔산 바위틈에 피는 오색 단풍 또한 금강산 못지않게 아름답다지만 어찌 이 나라의 영봉인 계룡산을 따르겠어요. 아저씨

우리들의 풀벌레는 마냥 떠돌이 묵객처럼 계룡산 단풍놀이에 갔답니다. 달랑 붓 한 자루씩 들고 표표히 갔답니다.

아저씨, 천하의 영봉 계룡산에는 예부터 내려오는 풍수설로 세 개의 맥이 있다 하죠. 동학사의 문맥文脈, 갑사의 무맥武脈, 마곡사의 정맥政脈이 그것이죠.

풀벌레들은 세 개의 맥 중 어느 맥에서 놀고 있을까요. 아무래도 문맥인 동학사를 먼저 찾았겠죠. 동학사 경내의 동계사를 찾았겠죠. 동계사당엔 누굴 모셨냐구요? 아저씨, 그 사당에는 박제상의 아내를 모셨다구요.

신라 눌지왕 때의 충신으로 고구려와 일본에 볼모로 간 왕제王弟인 복호와 미사흔을 돌려보낸 후 자기는 체포되어 화형을 당한 박제상 그분의 아내를 모셨다죠.

아저씨 박제상의 아내는 기우신祈雨神의 원조라죠. 국명을 받고 멀리 바다를 건너간 남편을 위해 허구한 날 계술령 마루턱에서 뿌린 눈물이 비 오듯 했다죠. 마침내 박제상이 화형을 당할 때 쓰인 것이 장작이 아닌 순전히 낙엽을 태운 매운 연기였기에 지금도 이곳에서 지내는 기우제는 가을에 모아둔 낙엽만을 사용한다나요. 아저씨, 봄은

동학사요, 가을은 갑사란 말이 있죠. 그 말이 아니어도 우리들의 풀벌레가 갑사의 의연한 팽나무 단풍을 빠뜨리지는 않을 거예요.

아저씨, 우리들의 풀벌레는 칠갑산, 계룡산의 단풍놀이를 마치고 이번엔 금강 변으로 잉어잡이를 갔다나봐요. 한창 월동준비에 여념이 없을 시기에 태공처럼 다래끼 차고 몽땅 갔다나봐요.

금강의 잉어 중의 잉어는 공주군 반포면 청벽青壁에서 나오는 푸른 잉어죠. 대체로 금강의 잉어는 검은빛인데 어찌된 셈인지 이곳에서 나는 잉어만은 물빛이라나요. 잉어는 푸르고 물빛도 푸르고 근방의 숲도 푸르다 하여 이 지방을 청벽이라 부른다니 지명치고는 정말 걸작이네요. 청벽의 잉어회는 금강 미각의 백미라죠. 아저씨

강바람에 머리카락 날리며 한 번만이라도 이곳의 잉어회를 맛본 사람이면 솔바람 속에 삼현육각三絃六角은 안 들려와도 좀처럼 해 저무는 줄 모르겠죠.

어쨌든 아저씨, 선사시대부터 유랑의 무리이기도 한 우리들의 무숙자無宿者, 풀벌레가 가는 곳이 어디 고작 이뿐이겠어요. 햇볕만 따스하면 지평 끝인들 두려울 건 없죠.

삼천리 방방곡곡이 모두 유청산有青山이니깐요.

그리고 아저씨, 호남의 곡창 논산, 강경 넓은 들에 울리는 풍악 소리, 풍악 소리에 잡혀 거친 다랑이를 짚신 메고 정처 없이 헤맬망정 아저씨, 결코 삼천궁녀처럼 사비수泗沘水 내리는 물에 꽃처럼 몸을 던지는 일은 자고로 없었죠. 없구말구요.

아저씨, 머지않아 황금빛 은행나무도 밤나무도 목백합나무의 그림

자도 엎어지고 씽씽 바람은 불겠죠. 창문마다 고리를 채우겠죠.

아저씨, 그때가 되면 만년설 풀벌레들은 허수아비도 무녀의 옷자락도 밥둥구리마저도 초개 같은 목숨 의지할 데는 못 되죠.

아저씨, 초개 같은 목숨일망정 그때가 되면 청사초롱 불 밝힌 먼 날의 활터, 활터에 걸린 탈바가지 속으로 미련 없이 잠적할 뿐이죠. 우렁처럼요. 게눈 감추듯요.

동면을 위해서냐구요? 아니죠, 아니죠. 영원한 극락왕생을 위해서지요. 극락왕생, 나무아미타불.

실로 눈을 씻어도 씻어도 천지간에 풀벌레 소리 하나 없는 산천이야말로 그림 없는 액자 같네요.

1) "밤에 이제"를 "이제 밤에"로 수정.

2부

시론

벗어라, 옷을 벗어라
—나는 왜 문학을 선택했는가

나는 왜 문학을 선택했는가라는 명제는 실로 엉뚱한 착각을 일으키게 한다.

벗어라, 옷을 벗어라.

비록 백주 노상은 아닐지라도 명제가 주는 착각대로 냉큼 내가 옷을 벗지 못하는 이유는 내 몸이 너무 빈약한 탓이요, 아직은 남은 부끄러움 때문이다. 내겐 부끄러움을 가릴 한 잎 무화과 잎사귀도 없기 때문이다.

벗어라, 옷을 벗어라.

어릴 때 친구들과 진탕 놀다가 저녁답 흩어져 돌아오는 길에 머언 발치로 내려다보이는 우리집, 그 창에 불빛이 황황했을 때의 기쁨이야말로 이루 헤아릴 수도 없었거니와 어쩌다 저녁 일이 늦었음인지 그렇지도 못했을 때의 슬픔.

벗어라, 옷을 벗어라.

이 모양 지울 수 없는 슬픔의 싹은 어느 날, 갑작스런 홍래 누님의 죽음과 연관되어 오래도록 나의 신변을 지배해왔다.

누님은 만혼이었다. 스물여덟이던가, 아홉, 선창가 비 뿌리던 날, 강 건너 마을로 시집갔다. 목선을 타고. 목선에 오동나무 의걸일 싣고 그 무렵 유행이던 하이힐 신고 눈썹만 그리고 갔다. 눈썹만 그려야 할 누님에게 무슨 흉이 있었던 것은 아니다. 오히려 창포 모습이었다.

몇 해 전 산문, 「호박잎에 모이는 빗소리」에서도 쓴 바와 같이 누님은 겨우 십여 년 연상이었지만 내겐 어머니와 같은 존재였달까. 그런 누님에게 철없는 나는 언제나 네로 이상의 폭군이었다.

뒷산 느티나무 밑에 앉아
풀을 쓰다듬었다.
보리싹처럼 돋아나는
풀을 쓰다듬어보았다
누이 죽고 삼 년
산까치 나뭇가지 물고 날아드는
이른봄 아침

위와 같은 내, 처음 시 비슷한 습작 역시 홍래 누님에 대한 글이었지만 그렇다고 내가 문학을 선택한 것은 누님에 대한 그리움만은 아닌 성싶다.

벗어라, 옷을 벗어라.

8·15 해방의 감격이야말로 내 긴 인생 항로에 있어 일대 전환점을 가져왔던가. 어느 계열의 전단, 어느 계열의 테러에도 가담한 일은 없으나 8·15 해방의 감격은 끝내 안일무사한 직장생활을 더이상 견딜 수 없게 했다.

벗어라, 옷을 벗어라.

유리창도 없는 해방열차를 타고 열두 시간 만에 부산에 내려, 동래에 계시던 김소운 선생을 찾은 날을 어찌 잊으랴.

우연한 기회에 대전의 낙동그릴 이층에서 만나 뵙게 됐던, 『청록집』을 갓 발행한 박목월 선생의 인상을 어찌 잊으랴.

마지막 포스트에 던진 원고가 박두진 선생에 의해 추천되지 않았던들 내가 오늘까지 글을 써볼 용기가 있었을는지.

이저리도 못하는 기로에 서서 선택한 길은 아니었으나 그런대로 아무런 셈도 없이 들어선 길인 만큼 나는 왜 문학을 선택했는가라는 명제는 실로 엉뚱한 착각을 일으키게 한다.

일찍이 베를렌의 시구처럼 선택받은 자의 황홀과 불안, 이 두 갈래 높은 경지의 긍지를 나는 어느 날에나 가질 것인가.

백지와의 대화
—왜 시를 쓰는가

먼길을 갈 때는 말할 것도 없지만 이웃 마슬에도 심지어는 자기 집 부엌에서까지 어머니 치마꼬리에 방울처럼 매달리는 아이를 본다.

왜 그럴까. 늘상 꾸지람을 들으면서도.

실제 아이가 잡는 치마꼬리랬자 기껏 한 뼘 남짓한 면적인데다 언제나처럼 떡이나 엿이 감춰져 있을 리 만무하건만, 더구나 화사한 비단도 아닌 삼베 폭이지만. 비록 삼베 폭일망정 잠시도 그것을 놓칠세라 매달리는 아이를 보면 참 이상스런 느낌이 든다. 아무래도 어머니 치마꼬리에는 알지 못할 무슨 마력[1] 같은 것이라도 숨어 있는지 모르겠다.

어머니 치마꼬리는 봄바람. 마음과 마음의 점, 선.

마르지 않는 샘물. 어머니 치마꼬리는 외로운 아이의 안식처, 쓸쓸한 아이의 영토.

어머니의 치마꼬리만큼 신기한 것이 또 이 세상에 따로 있으랴.

내게 있어 시란 무엇보다도 어머니 치마꼬리 같은 존재이랴. 일상 내가 시를 쓰고 시를 생각함도 저 쥐방울 모양 어머니 치마꼬리에 매달리고 싶은 그런 심정에서이랴. 가없이 넓은 시의 치마꼬리.

까마득한 추억이지만 중학 시절, 한때나마 나의 별명은 '행복'이었다. 그건 뭐 내가 고루 그 조건을 갖췄대서가 아니다. 실은 전교 웅변대회가 있던 날, 맨 먼저 등단한 나의 첫마디 외침이 엉뚱하게도 행복이란 단어였기 때문이다.

진정 그것의 뜻을 알 리도 없는 철부지 하급생이 느닷없이 울부짖는 이 한마디에 포복절도한 상급생들이 붙여준 애칭. 허기야 아리송한 채로나마 오래오래 애칭 그대로의 나였다면 나의 청소년기는 그런대로 얼마나 무난했으랴. 허나 그것은 구름. 잠깐 나의 이마에 머물다 갔다.

예기치 않은 슬픔은 어느 날, 갑자기 왔다. 육친과의 사별, 홍래 누님의 죽음.

홍래 누님에 대해서는 언젠가 「호박잎에 모이는 빗소리」에도 쓴 바 있었거니와 실로 물창포 모습인 누님의 죽음이야말로 내게는 청천벽력이었다. 지금도 그때를 생각하면 가슴이 무연해지지만 그날 비로소 찾아온 뜨거운 눈물.

아무렇게나 행복했던 나에게 슬픔은 무릎을 적시며까지 보리밭 이랑을 헤매게 했으며 때론 방향감각을 잃게 하였다.

"—돌이켜서 그때 그 눈물 때문에 쓰는가?"

"시간이 흐르면 눈물도 마른다네."

"그럼, 고향에 대한 향수인가?"

"마음의 고향은 너무도 멀다네."

"사랑 때문인가?"

"누구를 위한 사랑인가?"

"그럼 타성인가?"

"그것만은 아니라네."

"시적 기질 때문인가?"

"믿을 순 없지."

"운명인가?"

"그것도 믿지 않네."

"치마꼬리에 매달리고 싶어서인가?"

"언제까지나 그럴 수도 없고."

"시의 치마꼬리야 가없이 넓지 않은가?"

"참, 그건 그렇군."

"보탬이 되는가?"

"무슨 뜻이지?"

"편이 있는가?"

"그건 또 무슨 뜻이지?"

"그럼, 그럼 왜 쓰는가?"

"쓰고 싶어서 쓴다면?"

"왜 쓰고 싶은가?"

"글쎄."

"미로迷路인가?"

"글쎄다."

"미궁迷宮인가?"

"참 좋은 말일세."

"절망하는가?"

"아직은 이르겠지?"

"전연 모호하군. 그런데도 왜 시라는 넝쿨에 스스로 꽁꽁 묶여 있는가?"

"가끔은 풀어놓기도 한다네."

"자신이 있는가?"

"……"

"왜 대답이 없는가? 힘을 내게."

"고맙네."

아, 이 부질없는 백지와의 대화. 다만 모세혈관의 아픔을 느낀다.

1) "매력"을 "마력"으로 수정.

상처 속의 미美
—무엇을 쓰고 있는가?

동문서답이 되겠습니다.

연꽃은 춘당春塘,
그리고 나는.

바람도 없는데 버들꽃이 나부끼고 있습니다.
미루나무 새잎이 잔물결 치고 있습니다. 정말 바람이 없습니까. 다만 육안으로 보이지 않을 뿐 바람은 있습니다.
찾고 싶습니다.

6 · 25
기총소사

발목에 흐르는 피 한 방울

나를 눈뜨게 했습니다. 나는 피난을 가지 못했습니다.

공습의 어느 날, 무명으로 가기는 억울했습니다.

죽어서 무엇 하겠습니까. 지난날이 아까웠습니다.

나를 시험하고 싶었습니다. 완전한 시인이란 무엇입니까. 완전이란 무엇입니까. 자문자답했습니다. 지나친 감상이었습니다.

미칠 듯한 갈망이 한낱 하잘것없는 감상으로 불려져야 하겠습니까. 누가 그만두라고 했습니까. 직장까지도 스스로 포기했습니다. 땅을 보고 싶었습니다. 황토.

"어린 날을 금강 하류에서 보냈습니다. 긴 겨울이 가고 잔설이 녹으면 강물은 지면보다 먼저 부풀어 온통 감빛으로 반짝였습니다. 추위가 풀리는 물소리를 들으며 곧잘 강변을 혼자서 거닐었습니다. 이른봄, 우연히 그 강변 삘기풀 사이에서 발견했던 처음 핀 민들레꽃 몇 송이의 감동을 영 잊을 수가 없습니다. 삘기풀 줄기를 씹으면 온몸에 스며들던 향긋한 냄새. 해 질 무렵, 풀빛 물든 손에 민들레꽃 몇 송이를 꼭 쥐고 힘껏 달리던 높은 둑길. 갈뿌리에 지던 노을은 고왔습니다. 유난히도 갈대숲이 사운대는 마을이었습니다. 그 마을. 언제나 반쯤은 둠벙에 묻힌 듯한 적막. 그런 먼 기억 속에 살아왔습니다."

나루터

풍금 소리
홍래 누님
대추알
노적가리
살무사
장갑
모교
목탄차
소지燒紙
등등

호박잎에 모이는 빗소리 같은 그런 많은 것을 위해, 앞으로 더 많은 것을 위해……

보이지 않는 것은 없는 것입니다.

어둠도 보이는 것입니다. 당신은 무엇입니까.

나는 돌이었으면, 마지막 비수였으면, 아니 이 세상은 풀잎까지도 어쩌면 상처투성인지도 모릅니다.

무수한 상처 속에서 내 나름대로의 미를 지키기 위해 시를 생각하고 있는지도 모를 일입니다.

시란 보이지 않는 아름다움과의 끝없는 싸움입니다.

운명의 리듬

—문학에 눈뜬 최초의 순간

연꽃이 이슬 머금고 살포시 첫 눈을 뜨듯 그렇게 자랑스런 모습으로 이 설문에 답할 수만 있다면 나는 얼마나 다행이랴. 모름지기 문학이 일종의 끝없는 방황이라면 내 첫 방황은 어렴풋한 기억 속의 가을, 어느 날에 왔다. 그날은 이웃 골(군청 소재지)의 대운동회 날. 덩달아 축제 기분에 들뜬 나는, 집에는 한마디 말도 없이 소꿉친구인 식이와 함께 타박타박 오후의 시오리 길을 걸어 구경을 간 것까지는 좋았으나, 저무는 거리에서 길을 잃고 애태우다 우연히도 그곳에 살던 식이 이모님의 눈에 띄어 구원(?)을 받은 바 있거니와 철없는 날의, 그것도 반나절의 방황을 어찌 문학에 눈뜬 최초의 순간이라고 하랴. 한편 문학이 영원한 비애에서 오는 것이라면 내 첫 비애는 (누누이 말하듯) 중학교 2학년 때 갑작스런 홍래 누님의 죽음에서 왔다. 끝내 박복했던 혈육과의 사별은 씻을 수 없는 한이 되어 그 무량한 한이 적지 않은 세월을 두고 서서히 나를 이 길로 이끌었는가. 곰곰이 생각하면 그것만의 이유는 아니지만, 돌이키면 문학에 눈뜬 최초의 순간의 황홀도 불안마저도 모르는 채 나는 오늘에 이르렀다. 다만 운명의 리듬에 가슴 설레며.

벼이삭을 줍듯이
—나의 시적 편력

청의靑衣를 입고 있었다. 밤에는. 육사의 「청포도」에 나오는 고달픈 손님의 청포는 아니었지만. 시장에서 파는 목면 환자복에 물감을 들여 잠옷으로 입고 있었다. 바닷빛이 주는 분위기가 좋아 즐겨 입던 청의였으나 남이 보면 수의 같았으리라.

전깃불 대신 촛대를 세우고 감미로운 〈트로이메라이〉의 선율에 취해 해방 후까지 일어판 문고만 들고 있었던 먼 날의 나.

그 무렵 나는 한 달에 한 번씩은 하숙을 옮겨야 했던 각박한 서울의 하숙이 싫어, 오래 가슴 둘레를 태우던 젖은 S의[1] 눈썹도 애써 지우고 신설 지점을 따라 고향 가차운 대전에 내려와 해방을 맞았다.

여기서 만난 이가 정훈 선생이다. 목척교 옆에 있던 고서점에서 수인사를 했던가. 먼지가 수북이 쌓인 시렁에서 내가 누군가의 시집을 뽑은 것이 우연한 인연이 되어 자주 둑 아래 선생 댁을 드나들며 문학

얘기를 들었다.

늦게나마 『님의 침묵』 『백록담』 『나 사는 곳』 『태양의 풍속』 등 몇 권의 시집으로 벼이삭 줍듯이 아프게 배우기 시작한 나의 독백.

그때만 해도 시내 한가운데를 흐르는[2] 냇가에서 물새가 울던 거리. 이 한적한 거리에 어느 날 난데없이 야석也石[3] 형이 나타났다. 학병 출신이라던가. 기막힌 문학열을 안고 흡사[4] 돌개바람처럼 나타났다. 우리들은 만나자마자 서로 흥분이 되어 서투른 문학담을 털기에 사흘 밤을 지새워 입맛이 쓰디썼던 기억.

쓰디쓴 입맛의 결과로 만들어진 것이 정훈 선생을 중심으로 한 '동백시회柊白詩會'[5]이다. 해방 다음해쯤 될까. 동백시회는 이렇다 할 야망도 없이 십몇 집에서 쓸쓸히 막을 내렸지만 생각하면 나의 어설픈 습작도 그때부터 시작되었을까.

확실한 자각도 없이 들어선 시의 길이었다.

작품을 쓴다기보다는 어떻게 해서라도 바라는 시인의 고장에 가서, 직접 시를 호흡하고 싶은 욕망이 더 컸던 시절. 두꺼운 장부 밑에 문학서를 감추고 주판알을 튕겨야 했던 우울한 일정.

그러한 나에게 하루는 야석 형이 신문지 한 장을 들고 새벽같이 은행 숙직실 문[6]을 두드렸다. 신문은[7] 서울에서 발행하는 『예술신문』이었다. 구석에 실린 몇 줄의 기사에 우리들의 눈은 반짝였다. '동래에서 김소운 선생이 문인 부락을 세울 예정인바 뜻있는 청년은 연락을 바란다' 운운. 몇 줄이 안 되는 내용이지만 나에게는 너무도 큰 충동이었다. 이[8] 넓은 천지에 내 갈 곳은 오직[9] 여기밖에 없다는 일념으로 이튿날은 경부선 열차에 올랐다.

틀만 남은 차창, 의자에 깔린 융마저 벗겨진 해방열차를 타고 열두 시간을 달려 부산역에 내리니 오밤중[10]이었다. 하룻밤을 허술한[11] 여인숙에서 잤다. 여인숙 벽에 주욱주욱 그어진 빈대 핏자국에도 낭만을 느꼈던 나의 이십대.

동래를 찾는 날에 오던 겹채송화 같은 남쪽의 눈발은 언제까지나 잊을 수가 없다. 선생은 시인이니까 대나무 숲이나 솔밭머리에 살고 계시리라 믿었던 나는 그런 곳만 샅샅이 누볐으나 헛수고였다.

해는[12] 기울기 시작하고, 낯선 길에서 당혹한 나는 다시 부산으로 들어와 생면부지인[13] 부산일보사 편집국장의 설명대로 이번에는 전차를 타고 동래여고 뒤편에 있는 선생의 문패를 발견했을 때의 동계動悸.

소운 선생을 만난 날의 감격을 어떻게 표현하랴. 문안을 드리기 바쁘게 나는 선생이 일역한 『조선구전동요집』[14]의 명서문을 암송하고 선생은 묵념을 하시고. 일면식도 없는 백면서생에게도 극진하셨다. 밤에는 독경까지 해주시고. 신문의 문인 부락 운운은 거짓 아닌 오보였지만 이틀을, 처소이신 비린거比隣居에서 묵고 돌아온 나는 섭섭한 생각은커녕 다만 선생을 만난 하나의 사실만으로 가슴 부풀어 집에는 한마디 상의도 없이 은행에 사표를 냈다.

물금쯤 살고 싶었다. 선생 계신 근처에 살면서 문학 수업을 하고 싶었다. 그러나 나의 처지는 허락되지 않았다. 언제부터 문학이라는 함정에 나는 빠졌을까. 언제부터 나는 생활이란 일선에서 이탈이 되었을까.

시에의[15] 날개도 꺾이고 생활도 잃고 번민하고 있을 때 목월 선생을 알게 된 것은 구원이었다. 무슨 일론가 선생이 대전에 오신 적이 있다. 처음 보는 우리에게 시를 낭독해주시던 선생의 음성은 오늘도 생생하다. 갓 『청록집』이 세상에 나왔을 땔까. 무명 토시를 낀 한복 차림이 잘 어울려서 말갛게 비치는 인상이었다. 소운 선생을 뵈었을 때와는 또다른 감동에 나는 몸서리쳤다.

못 견디게 슬픈 날은 대구로 서울로 선생을 찾았다. 말없이 길을 가다가도 손을 꼭 쥐어주시는 선생에게 나는 얼마나 많은 위안을 받았는지! 시도 못 쓰고 생활도 없는 나는 답답한 존재였으리라. 그래도 선생은 만날 때마다 뜨거운 격려를 아끼지 않으셨다. 긴 세월을 두고 동기나처럼.

목월 선생을 뵐 때마다 시를 쓰고 싶은 욕망에 괴로웠던 많은 날을 고백하자, 만년[16] 무명을 자처했던 내가 문단에 나온 것은 목월 선생의 눈에 보이지 않는 채찍질도 있었거니와 6·25 사변의 덕(?)도 있다.

사변 때 피난을 못 갔었다. 밤낮을 가리지 않는 폭격을 피해, 하수구 속을 쫓겨 다니며 나는 곰곰이 지난날을 따져보았다. 허망한 생에서 내가 무명을 자처해야 할 아무런 이유는 없었다.

묵은 시고詩稿를 모조리 불사르고 새 노트를 마련해야 했다. 사변 통에 집은 부서지고 직장도 없고[17] 막연한 동경으로 쓴 원고를 현대문학 신인 작품 모집에[18] 혼자 던져야 했던 날은 울었다. 다행히 박두진 선생이 추천해주신 것은 무상의 영광이었다.

어느덧 머리는 희끗희끗 청춘은 갔다.[19] 그동안 한국시인협회[20]의 도움으로 『싸락눈』도 나오고, 현대시학사 제정의[21] 조그만 상도 하나[22] 탔지만, 그토록 바닷빛이 좋아서 밤에는 남이 보면 수의 같은[23] 청의를 입고 있었던 먼 날의 나는, 아직도 바다의 시 한 편을 못 쓰고 있다. 진정 이 길은 멀다.

1) "S의"를 추가.
2) "시내 한가운데를 흐르는"을 추가.
3) 야석(也石) 박희선(1923~1998) 시인을 가리킨다.
4) "흡사"를 추가.
5) "대전의"를 삭제.
6) "문"을 "숙직실 문"으로 수정.
7) "신문은"을 추가.
8) "이"를 추가.
9) "오직"을 추가.
10) "밤중"을 "오밤중"으로 수정.
11) "어수룩한"을 "허술한"으로 수정.
12) "날은"을 "해는"으로 수정.
13) "생면부지인"을 추가.
14) 정확히는 『조선구전민요집』(제일서방, 1933)의 동요를 간추려 일본어로 옮긴 『조선동요선』(이와나미서점, 1933)을 가리킨다.
15) "시의"를 "시에의"로 수정.
16) "만년"을 추가.
17) "오갈 데 없이 친지의 사랑방에서"를 삭제.
18) "변두리 포스트 박스에"를 "현대문학 신인 작품 모집에"로 수정.
19) "지다"를 "갔다"로 수정.
20) "시인협회"를 "한국시인협회"로 수정.
21) "현대시학사 제정의"를 추가.
22) "작품상도"를 "조그만 상도 하나"로 수정.
23) "남이 보면 수의 같은"을 추가.

반의반쯤만 창틀을 열고
—문학적 자전

하늘에는 별, 따에는 시인.

시인은 따에 보석이라는데, 보석 같은 시 한 줄을 못 쓴 채 오늘도 나는 한눈만 팔고 있다.

뭣 하러 나왔을까
멍멍이,
망초 비낀 논둑길
꼴 베는 아이
뱁새
돌아갔는데
뭣 하러 나왔을까
누굴 기다리는 것일까.

솔밭에 번지는

상가喪家의

불빛.

물기 머금 풍경.

반쯤만 창틀을 열고 본다.

하나의 꿈에다 전 생애를 걸고 간 사람이 보인다. 비록 누더기를 걸쳤을망정 낭산골, 우리네 백결 선생은 하나의 꿈에다 전 생애를 걸고 간 사람이 아닌가 한다. 설령 그것이 그 시대에 있어 별 볼 일 없는 것이었다 한들. 그 사람의 뒷모습이 보인다.

박고지 말리는 낭산狼山골

학이 된 백결百結선생

돗자리 두루고 두루고

거문고줄 고르면

훗훗 밭머리 흩어지는

새떼

마당 가득 메워

더러는 굴뚝 모퉁이

떨어지는 메추라기

오호 한잔의 이슬

반의반쯤만 창틀을 열고 본다.

1920년대의 금강 하류가 떠오른다. 강보다 얕은 분지. 그해의 물난리가 떠오른다. 내가 네 살인가 다섯 살 때였을 것이다. 지금도 기록을 더듬으면 그해의 호남 분지 물난리는 지상 최대의 것이리라. 그때 우리 동네는 짚단 떠내려가듯 떠내려갔다. 떠나간 동네와 백합꽃. 백합꽃은 늘 한 여인의 가슴에 안겨 있었다. 동네 제일의 멋쟁이 여인의 가슴에. 그 여인은 일찍이 도일渡日한 간호부로 금의환향 아닌 저 무시무시한 관동대진재關東大震災의 충격으로 미쳐 돌아온 절세미인. 언제나처럼 소복단장의 미친 여인이 어미닭처럼 품고 있었던 한 송이 백합. 굽이치는 탁류에 흔적 없이 떠내려간 어린 날의 동네와 한 송이 백합의 환상.

그 무렵, 나는 늘상 방안 아이였다. 수수 이삭이 패기 시작하는 늦은 오후라치면 마냥 학질에 떨고 있었던 나. 이웃집 아이들이 집에 놀러와도 내가 자진하여 마실간 기억은 별로 없다. 그건 어느 날인가, 내가 밖에 나가 돌아오는 길에 시든 풀섶에 스치는 꽃뱀을 본 탓이다. 미당은 화사花蛇를 두고, '꽃대님 같다. 바늘에 꼬여 두를까 부다. 꽃대님보다도 아름다운 빛……' 하고 찬탄도 했지만 어쩌다 내가 본 시든 풀섶의 화사는, 밤중에만 나온다는 당달봉사보다도 무서운 존재였다. 호박 넝쿨에도 박 넝쿨에도 그것은 돌돌 말려 혓바닥을 날름대는 것만 같아 밖은 무서웠다. 그후, 육친인 홍래 누님과의 사별은 더더욱 나를 늘상 방안 아이로 만들었지만. 사정이야 어쨌든 지금도 나는 방안 아이, 더없이 어깨가 좁은 늙은 방안 아이. 반의반쯤만 창틀을 열고 본다.

산사山寺의 골담초숲, 동박새, 날더러 까까중 까까중 되라네. 갓난아기 배냇짓 배우라네. 허깨비 베짱이 베짱이처럼 철이 덜 들었다네. 백두白頭 오십에 철이란 무엇? 저 파초잎에 후둑이는 빗방울, 달개비에 맺히는 이슬, 개밥별 초저녁에 뜨는 개밥별? 산사山寺의 골담초숲 동박새, 날더러 발돋움 발돋움하라네. 저, 저 백년 이끼 낀 탑신塔身 너머 풍경風磬 되라네.

한때는 대륙에의 꿈에 상해나 북경에 가고 싶은 나머지 은행원이 되었었지만. 당시 그 은행은 곳곳에 지점을 가지고 있었다. 한때는 부두 인부가 되고 싶어 낯선 거리를 뱃고동 소리 들으며 부랑도 했었었지만. 또 한때는 비탈진 천막 교실의 허울 좋은 훈장이기도 했었지만.

하루는 창살 없는 해방열차 곳간의 어둠 속에서 처음 마신 독한 술. 남은 살기 위해 마신다는 술을, 바람 부는 날의 불티 같은 심정으로 비루하게 마시는 반생半生의 술. 그리곤 나비잠에 날 샐 줄 모르니……

—눌더러 물어볼까, 나는 슬프냐.

밤바람은 씨잉 씽
밤바람이 씽씽

잃은 동전銅錢 한 포대布袋
은전銀錢 한 포대布袋

어쩌면 글보다 먼저
독한 술을 배워

잃은 은전銀錢 한 포대布袋
동전銅錢 한 포대布袋

비인 손이여
가슴이여

한 포대布袋 은전銀錢은 어디
동전銅錢은 어디

밤바람이 씽씽
밤바람은 씨잉 씽.

눌더러 물어볼까, 정말 나는 슬프냐.

하늘에는 별, 따에는 시인.

시인은 따에 보석이라는데, 보석 같은 시 한 줄을 못 쓴 채 오늘도 이렇게 한눈만 팔고 있는, 날 샐 줄 모르고 나비잠만 자고 있는 나에게, 이런 나에게 자전自傳을 쓰라구요? 차라리 붙들고 울사외다, 울사외다.

오류동 산고散藁
—체험적 시론

아침에 폈다 저녁에 닫는 물빛 달개비의 섭리.

*

모르는 새에 피는 꽃도 있다, 상사화같이.

어떤 꽃은 잎에 가려 피기도 한다, 산딸기같이.

*

소슬바람 타고 오동 열매가 물받이 홈통에 쌓인다.

어린 날 과식을 할라치면 한 옴큼씩 약봉다리에서 아버지가 꺼내 주던 환약 같은 열매.

환약 같은 열매가 진다.

론도를 추듯 나선형으로 날린다. 열매의 중력이 깃 달린 쪽으로 쏠리는 때문일까, 완만한 리듬.

오동 열매에 주걱 같은 깃을 달아준 자연의 묘미를 생각해본다.

우리들 시에도 오동나무 깃을 달자.

우리들 환상에 오동나무 깃 달자.

*

길 건너 국민학교에서는 지금 운동회 연습이 한창이다. 짐짓 아침부터 확성기를 타고 들리는 여교사의 쉰 목소리. 그 목소리에 주렁주렁 매달렸을 가짓빛 아이들, 술렁이는 분위기마저 손에 잡힐 듯하다. 바야흐로 축제의 서막은 서서히 오르고 있는가.

해마다 이맘때면 온통 코스모스로 뒤덮인 운동장, 쏟아지는 열기, 박수, 환호성, 먼 날의 무지갯빛 꿈도 서려 덩달아 가슴 설레는 나지만 그런데도 막상 그날이면 선뜻 구경을 가지 못하고 만다.

그것은 땅거미 질 무렵, 갑자기 패자들에게 몰리는 슬픔, 울음의 바다.

순간 거짓말처럼 좁아지는 패자들의 어깨, 얇은 가슴들이 보기 민망해서이다. 애처로워서이다.

아 심약한 자여. 돌이키면 이른바 패배의 영광도 있는 것을.

어쩌면 내 시의 출발 역시 패배의 영광에서 비롯된 것일지도 모르는 것을.

*

지난해 모처럼 집사람이 친지들과 어울려 내장산 단풍을 보러 갔다가 돌아오는 차 속에서 얻어온 계손(난초와 흡사함) 한 포기.

겨울 내내 머리맡에 놓고 애지중지했건만 문풍지 바람 탓일까, 잎은 노랗게 시들고 봄이 되어도 좀처럼 촉이 틀 것 같지도 않아 어느 날, 창밖으로 버린 기억밖에 없는데, 오늘 화단의 잡초를 뽑다보니 그 버린 계손 한 포기, 잡초 속에서 오히려 조촐함을 자랑하고 있구나. 신기하기도 하다. 그새 가족 중 누군가가 혹시나 하고 땅에 묻어놓았던지, 고맙기도 해라. 참으로 알 수 없는 건 목숨, 하마터면 산목숨 하나 영영 버릴 뻔했구나. 어떤 죄책감에서 곧바로 청자 화분에 다시 옮겨놓긴 했지만, 실로 목숨이란 모진 것. 성급히 버릴 순 없는 것, 견디어 기다려볼 일이다. 아껴볼 일이다.

*

하루는 막내딸 진아가 반짝이는 눈으로 불쑥 물어왔다.

"아빠, 아빠 운명이란 게 무어야?"

"운명? 운명이란 믿는 사람에겐 있고 믿지 않는 사람에겐 없는 거란다."

나의 이 요령부득한 답에 국민학교 5학년인 너는 못내 애매모호한 표정이었지만 진아야, 실지로 아빠 그런 건 모른단다. 때론 도깨비의 존재 같기도 하고 때론 우연의 장난 같기도 한 그런 오리무중인 건 모른단다. 진아야, 장지문 밖으로 오늘도 하늘은 푸르고 구름은 떠가누나.

*

젊은 시인, 이군의 편지 한 구절을 인용해보자.

> 제가 제일 역겨워하는 것은 시를 쓰는 기술인이 될까 두려운 것입니다. 시는 기술자가 쓰는 것이 아니라 한 사람의 성직자, 이름도 없는 방랑객이 쓰는 것입니다. 이를테면 시를 일종의 전문직으로 삼는 이보다는 우연히 내뱉는 말이 한 편의 시가 되고 허공을 향해 뻗는 팔의 시……

두려운 건 후배이다. 하나 우연? 이군이여, 어찌 기다리지 않는 것이 찾아오랴. 문득 피카소의 말도 떠오른다.

> 화가라야 한다. 단연코 회화의 전문가여서는 안 된다. 전문가가 화가에게 주는 것은 나쁜 조언뿐이다. 그러므로 나는 스스로를 비평하는 일을 하지 않기로 했다. 나는 비합리주의자이므로 자신의

작품의 심문관이 되려는 유혹을 뿌리치고 오로지 작품을 시간의 흐름에, 세상에 맡기는 것이다.

깊이 음미해볼 만한 말이다.

*

누웠는 사람보다 앉았는 사람, 앉았는 사람보다 섰는 사람, 섰는 사람보다 걷는 사람, 혼자 걷는 사람보다 송아지 두세 마리 앞세우고 소나기에 쫓기는 사람. 이건 언젠가의 나의 졸작이지만 저 로댕의 모뉴망 중의 하나인 형장을 향해 걸어가는 〈칼레의 시민들〉이야말로 어찌하여 저리 슬프면서도 아름다운가.

*

내 낡은 황색 노트에 다음과 같은 시가 보인다. 작자의 이름도 적혀 있지 않으니, 어느 나라 누구의 시인지는 모르나 우리나라 시가 아닌 것만은 확실하다.

별

만약에 그것들이 딱딱한 보리알이라고 하면 지평선 위 저쪽에서

움직이려고 하고 있는 거위 새끼는 그것을 먹을 것이 분명하다.

만약에 그것이 모래알이라면 사람들은 그것을 감옥을 쌓는 회벽 속에 섞을 것이 분명하다.

보리인 별, 별인 보리를, 영원을 쪼아먹고 있는 지평선 위의, 여명에 물든 지평선 위의 거위 새끼는 얼마나 사랑스럽고 아름다운 희망의 상징이랴.

또한 모래알인 별, 별인 모래알로 쌓은 감옥의 회벽은 얼마나 평화롭고 희망적인 반짝임이랴.

이 한 편의 시는 나에게 무한한 위로를 줄뿐더러 삶에 대한 무한한 용기마저 북돋아준다. 현실과 꿈의 얼버무림, 한날 틈도 없이 팽팽히 짜여진 이 현실과 꿈의 얼버무림이야말로 감동이다. 시의 원천인 감동.

*

부나비는 왜 불길에 스스로 몸을 던지는 것일까, 일렁이는 불길에.

불의 황홀함과 불안함.

이 황홀함과 불안함 때문에 어쩔 수 없이 떨며 불길에 몸을 던지는 부나비의 몸짓, 운명의 리듬이야말로 칼춤을 연상케 한다.

프로메테우스는 왜 불을 훔친 것일까.

제우스의 신전에서.

불의 황홀함과 불안함.

이 황홀함과 불안함 때문에 어쩔 수 없이 떨며 불을 훔치는 프로메테우스의 몸짓. 운명의 리듬이야말로 칼춤을 연상케 한다.

우리들은 왜 어렸을 때 쥐불을 놓았을까(어른들이 말리는데도), 논두렁을 누비며.

그것은 어쩌면 유년의 칼춤, 운명의 리듬의 연습이었을까, 칼춤.

짐짓 칼춤이라면, 뭇 관중 앞에 죄인을 맹수와 겨루게 하던 로마시대는 아니더라도, 형장에서 추던 망나니의 칼춤에 서린 숱한 애환이 어른대지만, 그 애환 역시 미간척眉間尺의 간장검干將劒의 원한과 같이 유구한 일월의 운행에 비하면 모름지기 한낱 남가일몽南柯一夢과 같은 것이랴.

요컨대 시라는 것도 결국 황홀함과 불안감의 경계선에서 빚어지는 칼춤의 섬광, 당랑螳螂이 지면에 무수히 그물 짓는 하얀 금선과 같은 것이랴.

*

농부가 고랑에 씨를 뿌리고 있다. 씨알을 너무 깊게 묻으면 썩을 것이요, 그렇다고 너무 얕게 묻으면 짐승의 밥이 되리라. 이와 같이 시에도 요령은 필요한 것이다.

*

오르는 사람은 없고 내리는 사람만 있는 시골 막버스에 홀로 남은 사람.

벽에 걸린 눈먼 액자와 같은 사람.

*

수박의 속살과 껍질의 접선 같은 시를 쓰고 싶다.

죽은 언어에도 생명을.

단 한 편의 시를 위해 많은 것을 사랑하자.

시는 부른다, 높은 곳으로 올라가라.

길을 찾든지 아니면 길을 만들어라. 누구의 말이던가.

산호잠珊瑚簪
—문학, 문학인

고향은 언제나 백로가 외다리로 섰는 위치에 있다, 마음의 고향까지도. 이 먹물처럼 번지는 고향을, 황토 어린 능선을 달팽이가 등에 집을 업듯 업고 왔다. 먼길을 터벅터벅 왔다. 비 오는 날은 오히려 날듯했달까.

어언 수십 년 전 일이다. 하루는 어떤 이가 갈망하는 생활은 무엇이냐고 묻기에 나는 밤이면 사과 궤짝 책상 모서리에 촛불을 켜고 숯불처럼 이글대는 별떼를 볼 수만 있는 방이라면 사방 마분지로 바른 벽이어도 좋다고 대답한 일이 있지만.

호박꽃은 상치꽃 아욱꽃에 비해 차라리 호화롭지 않은가. 허나 이지러진 달밤이면 호박꽃만도 못한 이 상치꽃 아욱꽃들의 수런거림. 그건 세상에 대한 홍소哄笑랄 수도 혹은 세상에 대한 사시斜視랄 수도 있겠지만 그것들과의 교감.

초가지붕 처마에 제비집이란, 이제는 아예 쓰레기통에 버려진 액자 없는 그림 같은 것이랴. 그렇지만 제비는 저 피라미드의 기적으로 올해도 슬래브벽 등갓에 보금자리를 틀어올렸으니…… 오늘도 물기 머금은 제비는 장마선상에서 아스라이 공중 곡예를 하고 있다. 먹이 찾아 다만 먹이만을 위해서랴.

새삼, 시를 쓴다는 건 기쁜 일이냐 슬픈 일이냐 아니면 괴로운 일이냐를 부질없이 자문하기 앞서 때때로 조용히 눈을 감는다.(만일 처량한 나에게 이것마저도 없었더라면)

하늘타리, 호박잎에 모이는 빗소리, 수레바퀴, 멍멍이, 빈잔 등은 내가 찾는 소재. 우렁 껍질, 먹감, 진눈깨비, 조랑말, 기적汽笛, 홍래누이 등은 내가 즐겨 찾는 소재.

옷을 깁고 싶다. 당사실 같은 언어로 떨어진 시인의 옷을 깁고 싶다. 한 뜸 한 뜸 정성스레 깁고 싶다.

옥돌이 물에 잠겨 있다.

주옥같은 옛 시조 중에서도 작자 미상의 무명씨의 작품은 어떻게 봐야 하나.

서녘에 부는 바람은 서녘 사람 것이며, 동녘에 부는 바람은 어찌

동녘 사람 것이랴.

명필 이삼만李三晩의 인고를 배우자, 배우자 자귀나무의 겸허를. 허지만 『대지』에 나오는 노인처럼 스스로 관을 만들 필요는 없다. 더구나 스스로 관 속에 들어가 죽음을 연습할 필요는 없다. 오직 어둡기 전에 가고 싶다.

—문화인 등록을 하라구요? 차라리 이마에 낙인을 찍으시오. 이건 먼 나라 아닌 우리나라 50년대 초반, 정치적 혼란기에 부산에서 있었던 웃지 못할 삽화.

배추씨처럼 사알짝 흙에 덮여 살고 싶어라.

어둠은 짙어 뭣이 되는가. 산호잠 되는가.

작가의 일일[1]

내가 골몰하는 것은 다른 시인들이 다 보고 지나간 자리에 남는 가난한 아름다움에 눈을 주고 그것을 시로 다듬는 일이다.

강둑의 우거진 풀밭에 앉는다. 눈물이 고인다. 풀을 헤치며 하나하나 이름을 찾고 흐르는 물을 보면서 지금은 만날 수 없는 시인들의 시를 외우면서 나는 눈물이 고인다. 살아 있다는 것이 기쁘다.

술을 마시는 일을 빼놓고 무엇을 할까. 호박밭에 고추잠자리 구경이나 갈까. 술을 마실 때만 내가 슬퍼하고 싶은 것들을 마음껏 슬퍼할 수 있다. 그리운 사람들을 마음껏 그리워할 수 있다. 내게 술 안 마시는 날이 있었으면.

막내딸과 개와 나. 집에서 나는 딸과 논다. 밖에 나가 있으면 딸이 보고 싶다. 어린것을 끌어안고 볼을 부비면 시인 아빠가 못난 아빠가 된 것이 안쓰럽다.

1) 이 글은 발표 잡지에 사진과 함께 실렸다.

시의 제1행을 어떻게 쓰는가

톨스토이 작, 『부활』의 시작은[1] '봄이 왔습니다'로 되어 있다.

차츰차츰 풀리는 홈통 속의 동토凍土, 라일락 숲에 물이 오르고, 다시 창문은 열리고, 만상이 소생하는 대망의 입김. 목숨의 입김을 딛고 힘껏 일어서는 인간 만세의 부활은 그 첫머리에 넣은 다만 봄, 한마디 때문에 출발부터 얼마나 많은 사람의 공명을 얻는가.

저 유명한 베토벤의 교향곡, 제5번의 경우만 해도 그렇다. 천재의 함성, 그 누구의 울부짖음도 닿을 수 없는 피안의 절벽 앞에 차운 운명의 채찍은 숫제 처음부터 하늘과 따를 후려치는 우렛소리, 우렛소리지만 작품으로서는 무한한 축복을 받고 있다.

화가, 밀레의 화폭에 보일 듯 말 듯 진폭振幅하는 지평을 어떻게 해석하랴. 모든 사물을 그리기 앞서 먼저 경건하게 그려넣었을 한줄기 믿음과 같은 선, 지평을 잃은 밀레의 전원 풍경은 상상할 수도 없다.

이렇듯 훌륭한 작품들의 첫마디는 제재와 아울러 전체를 이해하는 결정적 구실을 한다.

우리들의 시, 시도 예술일 바에야 예외일 수는 없다. 더욱이 짧은 형식인 시에 있어서야.

소월의 4행시, 「엄마야 누나야」만 보더라도 첫 행의 감동 없이는 다음 행인 금모래 빛의 영원도 또 다음 행인 갈잎 노래의 노스탤지어도 전혀 공허하리라. 끝마저 첫 행의 중복으로 장식한 이 시는 영원한 노스탤지어 이상의 그 뭣인가를 아프게 점철하고 있지만, 막막한 시의 바다에 던져진 수수께끼 같은 시의 제1행.

결국 내가 쓰는 시의 제1행은 지우고 지우다 마지막에 남는 것, 까마귀가 내뱉는 뗣은 고욤 알 같은 것, 그것을 구슬인 양 소중히 한다. 곧잘 끝이 시작이 되는 나의 시, 공식이 있을 수 없다.

1) "첫 구절은"을 "시작은"으로 수정.

시의 마무리를 어떻게 하는가

평행선은 싫다, 나의 종終은. 언제나 원圓이고 싶다.

구름 같은 우울
—탈고 그 순간

평소의 나는 나 혼자지만 한 편의 작품을 탈고한 그 순간만은 또하나의 내가 가까이 도사리고 있다.

언제나 탈고의 순간마다

“됐다, 됐어, 썩 잘됐다.”

하고 도사리고 있던 내가 외친다면 그 순간의 기쁨을 뭣으로 비하랴.

탄생의 기쁨, 제2의 탄생의 기쁨을 만끽하리라. 오직 이 충만한 기쁨만의 연속이라면 나의 삶은 얼마나 복된 것일까.

하나 번번이 그는

“멀었다, 멀었어, 아직 멀었다니까.”

하며 연민의 눈으로 바라보니 구름 같은 우울이 밀릴 수밖에.

이 짙은 우울을 견디려고 한 편의 시를 쓴 뒤에는 공연스레 하루에도 몇 번 세수를 하고 곧잘 낯익은 주점에 들러 이취하여 옷섶을 태우고, 조조할인의 극장 구석에 앉아 빛바랜 화면에 애써 몰두하는 것일까.

또 비 오는 날이면 목적도 없이 지나는 버스 종점에 내려 도도히 흐르는 강물을 굽어보는 것일까.

으레껏 첫번 탈고에 만족할 수 없어 마감 시간에도 되풀이 되풀이하여 제목까지 지우는 슬픈 습성,

생각의 만분의 일도 못 미치는 불과 십 행 안팎의 시를 송고를 하고도 수삼 번 고쳐야 하는 나의 심약한 미련,

어느 날에야 탈고의 순간에 탄생의 기쁨, 제2의 탄생의 기쁨에 심취하여 자족할 수 있으랴.

실로 시와 진실 사이에는 다소의 과장도 있기 마련인, 자기 표출의 이 비애, 끝없는 지평.

당신에게
—나의 시의 불만은 무엇인가

난 너무나 심미안인 모양입니다. 언젠가 작고하신 다형茶兄[1]께서 은밀히 이르신 말씀도 이와 비슷했죠.

결코 시가 한갓 분위기만을 빚는 것이 아닐 바에야 다형이 주신 이런 말씀은 오래도록 가슴에 맺힙니다.

저 구전민요의 하나인 〈파랑새〉나 〈아리랑〉은 누가 불렀을까요.

지은이도 모르는 채 우리나라 사람이면 누구의 입에도 맞아 면면히 흐르는 그 가락.

민화 속의 꽃, 나비, 새의 경우도 마찬가지지요.

그와 같은 한국 고유의 정취를 언어로써 형상화하는 것이 제 시의 바람이랄까요.

구태여 자성自省을 한다면 소도구를 나열한 듯한 이른바 점묘와 소묘적인 시형을 벗어나지 못한 듯한 아쉬움과, 스스로 추구하는 시의 세계이기는 하나, 현실적인 시의 조류로 볼 때나 새로운 세대의 안목으로 볼 때도 그 박진력과 호소력이 부족하고, 때론 고답적인 취향이 불만이라면 불만입니다— 잔물결이나 바람결에도 박자는 있듯이.

1) 다형(茶兄) 김현승(1913~1975) 시인을 가리킨다.

수맥水脈
—나의 시, 나의 메모

시를 한 편 쓰고 나면 언제나 백치 상태의 공허감에 사로잡히곤 한다. 그런 내가 시작詩作 과정을 쓴다는 것은 망발일 수도 있다. 자유롭게, 아무리 자유롭게 쓴다 하더라도. 허나 창조에는 으레 산고産苦가 따르기 마련이라면, 시작도 엄연한 창조인 만큼 나를 그토록 공허의 구렁에 몰아넣곤 하는 산고의 이야기로 시작 과정을 대신할 수밖에 없겠다. 시작에 몰입하면 하나의 나뭇잎의 흔들거림에도 안절부절하는 나의 촉수. 사계 중 가을에 나의 촉수는 더욱 갈팡질팡이다. 다음의 「꽃물」은 그런 가을에 씌어진 소품이다.

수수밭
수수밭 사이로
기우는

고향

가까운

산山자락

보릿재

내는

사람들

귀향열차歸鄕列車

뒤칸에

매달린

노을,

맨드라미 꽃물.

그 가을은 맨드라미 꽃물에 완전히 사로잡히고 말았다. 붉은 꽃판을 털면 솔솔 무수히 쏟아지던 담배씨 같은 입자들.

어린 날은 무심코 보아 넘기던 이 소박한 꽃이 그 가을에는 어째서 그렇게도 나의 마음을 흔들어놓았을까.

전체가 물결로 일렁이는 통꽃.

미역, 꼭지의 환상.

입덧이 난 꽃.

은밀히 살피면 단색인 것 같으면서 또 조화된 혼합체, 꼭두서니 뿌리에서 빼낸 듯 선연한 빛, 비름과科.

추석 무렵인 그 가을, 고향이 가까우면서도 먼 듯한 나는 자꾸 고향 생각을 하고 있었다. 고향이랬자 친척 하나 없는 그저 그런 곳이지만 송장메뚜기가 알을 까고 있을, 치렁치렁 머리 숙인 수수밭 길이 몹시도 보고 싶었다.

고향에서는 보릿단을 태웠다. 촌부들은 지금쯤 타다 남은 보릿재를 밑거름으로 뿌리고 있을 것이다. 솔밭 사이로.

고작 일 년이라야 한두 번 고향을 찾는 귀향 열차에의 기다림도 있을 것이다. 그 뒤칸에 매달린 물거품 같은 환희도.

이 한 폭의 풍경을 나는 마지막 미칠 듯이 고운 맨드라미 꽃물에 의지하여 표현하고 싶었다. 실은 이 감격은 내가 다녔던 변두리 학교의 메마른 사질토砂質土, 화단에서 얻은 것이다. 메마른 화단의 꽃이랄 수 없는 꽃이기에 그 인상은 더욱더 강렬했는지도 모른다. 며칠을 두고 수업중에도, 복도를 가다가도 창 너머로 응시하던 나의 표정이 휴지로 쌓여 이루어진 것이다.

가까스로 붓을 놓기는 했으나 애초에 내가 기대했던 바와는 달리 기다림에 지친 아쉬움도 물거품처럼 피는 환희도 영 풍기는 것 같지는 않다. 표정 없는 풍경들이 어색할 뿐이다. 얼마 동안의 부심 끝에 제목은 '노을'로 바뀌고 다음과 같은 시행으로 변해버렸다.

달리는
귀향열차歸鄕列車
수수밭
수수밭 사이로

기우는

차창車窓에

고향

가까운

산山자락

장을

보러 가는

사람들

마른 미역

꾸지

목수건木手巾에

매달린

맨드라미의 꽃물

그래도 불만은 여전하다. 처음부터 이 작품은 귀향 열차도 고향 사람도 노을도 그 배경인 마을까지도 온통 맨드라미빛으로 젖었어야 했을 것이다. 그러나 왜 그렇게 씌어지지 않았을까.

미시마 유키오의 '풍요의 바다' 제1권 『봄눈』이라는 소설이 있다.

언뜻 제목이 약하고 소녀 취향의 애처로움에 비해서 작품 전체를 읽고 난 뒤의 강도는 '봄눈'이라는 낱말을 새로이 인식하게 한다. 휘날리면서 스러지는 장렬한 아름다움. 어떻게도 할 수 없는 시적 몸부림과 삶과 행동과의 일치, 그 환상의 세계가 나는 부러운 것이다.

나의 산실産室은 좁다. 처음과 끝이 항상 상극을 벌이고 있다. 나의 시는 가짜일까. 이 가짜를 위해 이십여 년이나 괴로워했을까. 머리는 희끗희끗 먼산이 보인다. 정말 진짜 시를 쓰고 싶다. 언어를 망각하고 싶다. 꽝꽝나무 열매 같은 단단한 의미, 의미가 깃든 그런 시를 한 열 편쯤 쓰고 가출하고 싶다.

자— 이제는 까마귀 소리 같은 그런 음영이 내 시에 깃들기를 바란다. 나는 자유롭다.

이 무료한 자유가 나의 시에 무슨 도움이 될까.

비가 오고 있다
안개 속에서
가고 있다
무엇이?
비, 안개는
뒤범벅되어
이내가 되어
덫이 되어
(며칠째)
내 목木양말은
젖고 있다

내 시의 행간은 버들붕어가 일으키는 수맥水脈이어야겠다.

잠 못 이루는 밤의 시

—겨울밤, 모일某日, 서산西山

잠 이루지 못하는 밤 고향집 마늘밭에 눈은 쌓이리.

잠 이루지 못하는 밤 고향집 추녀밑 달빛은 쌓이리.

발목을 벗고 물을 건너는 먼 마을.

고향집 마당귀 바람은 잠을 자리.

—제題를 보고 얼핏 떠오르는 것은 초기 시편이다. 위에 적은 소품도 그것 중의 하나이다. 질량도 희박한 이 하찮은 소품이 얼핏 떠오르는 까닭은 무엇일까. 지극히 짧은 시행의 탓도 있겠지만 어쩌면 이것은 젊은 날에 대한 나의 애착인지도 모르겠다.

겨울밤은 길다. 더구나 빈자의 겨울밤은 길다.

이 기인 겨울밤, 빈자는 무엇을 생각는가.

빵을 위해 한밤을 눈물로 지새운 자 아니면, 더불어 인생을 논할 수 없다 함은 어느 작가의 지언至言이려니와 어리석은 빈자는 빵을 생각하기에 앞서 기나긴 밤 고향을 그리리라.

싸리울 밖 햇짚으로 덮인 마늘밭을 생각하리라. 어둠 속에 움트는 마늘쪽의 정情도 떠올리리라. 마늘밭에 밤새껏 전전하는 눈발의 설렘, 비틀거리는 회한을 보리라.

그러나 용서뿐인 고향, 교교히 달빛은 쌓이고 바람도 잠이 든 마당귀에는 어디선가 후루루 후루루 멧새도 날아들 듯한 착각에 빠지리.

잘잘못됨은 고사하고 어쨌든 이 4행시는 동토의 마늘밭에 역점을 둔 성싶다.

아래에 적는 시도 역시 나의 초기 시편이다.

쌀 씻는 소리에
눈물 머금는 미명未明

아아 봉선화야

기껍던 일
그 저런 일

한 장 마분지 같은 이 시에서 굳이 대상을 찾는다면 젊어서 불우하게 가신 홍래 누님이다.

유두분면에 섬섬옥수여야 할 누님은 갑자기 기운 가세에 꼭두새벽부터 찬물에 손을 적셔야 했다. 목수건을 두른 누님의 쌀 씻는 소리.

(그때는 아무렇게나 꿈결에서 흘려버린 소리가)

이십 년 후 조금은 세상 물정을 알게 된 나에게 되살아왔음인가.

실지로 어스름한 새벽, 목수건을 두르고 쌀을 씻는 여인의 모습은 봉선화 꽃잎처럼 애처로워 보인다.

내 시의 한 자락은 언제부터 이렇게 망향의 덫에 걸렸던가.

황소개구리도 망향의 덫에 걸려 저무는 능선에서 운다. 부서진 풍경을 왁자지껄 울어제친다.

상칫단 씻는
아욱단 씻는

오리五里 안팎의 개구리 울음

보릿짚 썹는
호밀짚 썹는

일락日落 서산西山에 개구리 울음.

차일遮日의 봄
—시와 산문

시락죽

바닥 난 통파

움 속의 강설降雪

꼭두새벽부터

강설降雪을 쓸고

동짓날

시락죽이나

끓이며

휘젓고 있을

귀뿌리 가린

후살이의

목수건木手巾.

먼 남쪽 섬에는 이미 동백꽃이 폈다고 한다. 지금쯤 붉은 꽃이 꼭지째 시나브로 바닷속에 지고 있을 홍역과 같은 봄.

푸른 봄이지만 나의 잿빛 일력日曆은 아직 겨울이 깊다. 지금 강설이 한창이다. 뒤꼍에 매달린 시래기 자락이 바스락인다. 어디선가 굴뚝새도 날아들 듯.

바스락이는 시래깃단을 물끄러미 바라보다 이 소품은 비교적 짧은 시간에 붓을 뗐다. 흔히 추운 날, 시골 아낙이 머리에 두르는 무명 수건의 인상도 겹쳐 초라한 대로 마무리했다. 여물죽이나 쑤고 있는 모습으로라면 조금은 덜 초라했을 것을. 흙벽 횃대에 걸린 무명 수건의 비애를 생각하면 어찌할 수 없었달까.

겉으론 차웁지만 벗기면 벗길수록 따스한 느낌의 파빛의 순도純度—그것은 어쩌면 어린 날 금강 하류 고향 마을의 강둑에 옹기종기 모여 앉아 후비던 잔디 뿌리의 애틋함인지도 모른다.

이른봄, 콧물을 흘리며 잔디 뿌리를 씹으면 아삼한 그리움같이 밀려들던 허기를 영 잊을 수 없다. 잔디 뿌리를 털면 온몸에 스며들던 상긋한 냄새도. 갈잎 사운대는 늪 너머로 지던 노을도. 노을 아래 몇 줄기 오르는 고도孤島 같은 들 속 마을의 불면 꺼질 듯한 연기도.

나의 시류詩流의 밑바닥에는 항시 이런 내밀한 차일遮日의 봄이 흐르고 있다.

무엇이든 어린 날의 기억이 묻어 있는 사물을 대하면 나도 모르게 나의 언어는 망향의 덫에 걸린다. 참으로 어쩔 수 없는 순도의 공간. 논리로써는 채울 수 없는 이 공간.

나는 사물을 구태여 해석하려 하지 않는다. 다만 언제까지나 조용히 응시할 뿐, 그러다 설핏 비치는 구름 그림자 같은 것을 애써 포착하면 촉수는 움직이기 마련이다. 사물은 대개의 경우 언제나 잡을 수 없는 혼돈.

나의 관심은 고향, 나의 대상은 순도, 홍역, 차일— 시골 닭장 속의 횃대에 걸리는 아지랑이, 까마귀가 내뱉는 떫은 고욤 알 같은 것.

자연 대상은 극히 제한되기 마련이고 성공 여부는 고사, 과작의 원인이 되는지도 모른다. 나태의 반생은 겨우 내 생의 부피만큼이나 얄팍한 시집 한 권일 뿐.

진실은 고문, 진실을 추구하는 것이 시작詩作이라면 일종의 고문일 밖에. 어느 날 갑자기 닥쳐오는 감동의 물보라 앞에 무방비 상태로의 연금軟禁.

진실은 또 꿈인지도 모른다. 꿈이 좋아 꿈을 먹지만 악몽만을 먹어야 하는 모貘의 숙명.

오늘도 소지燒紙를 사르듯

향을 사르듯 파고破稿를 태운다.

수중화水中花
—당선 소감

언덕에 누워 흐르는 물을 굽어다보면 물결 속에는 잔잔히 피어 흔들리던 작은 꽃들. 언제 본 것인지 까마득한 어느 날의 무심한 점경點景이 내가 시를 생각할 때마다 늘 떠오르곤 한다. 꽃은 지상에 핀다. 아름다운 지상의 꽃은 이루 헤아릴 수 없을 만큼 많은 것이다.

어찌 하필이면 수말水沫 속에 피고 지는 이 꽃의 마음을 뭣이라 이해하면 좋을 것인가.

*

혼자 밤을 가고 있었다. 오는 날도 오는 날도. 돌부리를 차며. 희구希求는 없었다. 아니 없었던 것은 아니었으나 그보다 더 크게 '삶'에 대한 의혹이 지배했던 것이다. 풀밭에서, 농가의 뜨락에서, 과수원 속에서, 사원의 마루방에서, 시궁창 근방에서. 밤하늘 별들은 가는 곳마다 알알이 부서지고 아아, 찬연히 쏟아지던 빛의 달밤. 그때 그렇게 우러러봤던 감격만으로도 젊은 날의 괴로움은 있어서 좋았다.

*

개 한 마리 짖지 않는 정적한 마을. 푸른 호도색胡桃色으로 물든 황홀한 창. 창들의 따스한 온도는 몇 번이나 무너지려는 마음을 끌어올려주었는가.

*

부드러운 설편雪片. 나뭇가지를 물고 날아가는 까치. 빗방울처럼 은성한 멧새의 울음. 물기 낀 골목. 아해들의 환호성. 산짐승들은 물을 따라 내려와야겠고. 모두가 모두 새봄의 노크 아님이 없다. 현대문학사로부터(당선 소감의 청탁) 나에게도 '찬란하고 슬픈' 봄은 오는가.

그 마을

—현대시학작품상 수상 소감

어린 날을 금강 하류에서 보냈다. 긴 겨울이 가고 잔설이 녹으면 강물은 지면보다 먼저 부풀어 온통 감빛으로 반짝였다. 추위가 풀리는 물소리를 들으며 곧잘 강변을 혼자서 걸었다.

이른봄. 우연히 그 강변 삘기풀 사이에서 발견했던 처음 핀 민들레꽃 몇 송이의 감동을 영 잊을 수가 없다. 삘기풀 줄기를 씹으면 온몸에 스며들던 향긋한 냄새. 해 질 무렵, 풀빛 물든 손에 민들레꽃 몇 송이를 꼭 쥐고 힘껏 달리던 높은 둑길. 갈대 뿌리에 지던 노을은 고왔다. 유난히도 갈대숲이 사운대는 마을이었다.

흩어졌다 모여들던 까마귀떼도 뒤뜰에 호젓한 대싸리나무도 고샅길 안[1]까지 가득했던 개구리 울음도 아직은 잊을 수 없다.

그 마을. 언제나 반쯤은 둠벙에 묻힌 듯한 적막. 그런 먼 기억 속에 살아왔다.

현대시학사가 제정한 '작품상'의 수상자로 결정되었다는 통지를 받고 한동안 당황하였다. 전연 생각지도 못했던 일인 만큼.

고 이장희 같은, 고 윤동주 같은 시 한 줄 못 쓰고 부끄럽다. 그러나 심사위원들이 시골 사람에게 주시는 격려의 채찍일 바에야—.

맑은 날보다 비 오는 날이 좋았다. 비 오는 날보다 눈 오는 날이 더 좋았다. 과거는 모두가 아름답고 허망하였다.

오늘따라 푸르름이 나부끼는 버드나무의 원경이 눈물겹도록 가까이 다가온다.

1) "안에"를 "안"으로 수정.

ㄷㄷ 사잣더니
—탈춤이 주는 문학적 모티브

탈이 하나 걸려 있다. 해묵은 감나무에 가오리연처럼.[1] 개구쟁이 성이의[2] 십원짜리 종이 도깨비 탈. 성이는 심심하면 곧잘 이것을 쓰고 감나무 밑에서 줄넘기를 한다.

"은, 나와라 와라 똑딱"

"금, 나와라 와라 똑딱"

때로 나는 도깨비 탈을 쓰고, 줄넘기에 여념이 없는 성이의 몸짓에서 먼 날의 탈춤을 느낀다. 지극히 소박한.

먼 날의 탈춤, 특히 학예회가 다가오면 얘기 속의 주인공이 되어 야릇한 탈바가지를 쓰던 유년의 나.

즉흥적인 담임선생의 움직임 따라 발꿈치의 때를 부끄러워하며, 되풀이하던 까치발, 모음발의 동작, 즐거운 회상.

"은, 나와라 와라 똑딱"

"금, 나와라 와라 똑딱"

그런 어린 시절 내가 들은 옛 얘기는 숱하게 많다. 그중에는 우리나라 어린이면 누구나 알고 있는 설화로 어느 가난한 총각이 텃밭을 일구다 주워온, 우렁이 속에서 색시가 나오는 대목이 있는데, 나는 이 대목에서 몽상을 한다, 지상에도 없는 탈춤을.

사면에는 백포白布를 둘러치고, 붉은 가사를 걸친 우렁이가 남색 치마, 흰 저고리 위에 장삼, 흰 고깔을 쓰고 추는 천상에서는 볼 수 없는 멋진 탈춤. 너울너울 추었으리라, 눈부시게. 농안엔 서기瑞氣도 가득하였으리라.

「구렁덩덩 신선비」의 경우도 같다. 신선비가 첫날밤, 허물을 벗고 선풍도골仙風道骨의 선비가 되는 장면이 있는데, 나는 또 이 장면에서 몽상을 한다, 지상에도 없는 탈춤을.

역시 사면에는 백포를 둘러치고 색동 소매가 달린 '더거리'를 입은 신선비가 긴 백색 한삼汗衫을 손에 끼고, 다리엔 웃대님을 맨 채 추는, 천상에서도 볼 수 없는 흥겨운 탈춤. 덩실덩실 추었으리라, 향미사響尾蛇처럼 방울 흔들며.

"은, 나와라 와라 똑딱"

"금, 나와라 와라 똑딱"

「우렁이에서 나오는 색시」에서나 「구렁덩덩 신선비」에서 나는 왜 이다지도 탈춤에의 몽상을 하는 것일까. 결코 인도환생의 기쁨에서만은 아니다.

초롱초롱 옛 얘기에 묻혀 지내던 그 무렵, 어느 날 내 고장 장터에 흘러들어온 남사당패, 그들이 훨훨 모닥불 위를 뛰어넘으며 추던 물구나무 춤. 이튿날 그들 일행은 동저고릿바람으로 볏가리 걷힌, 황량한 논두렁을 따라 어디론가 사라졌지만 그들의 인상이 너무 강렬했었기 때문일까.

아니면 정초에는 으레히 일인들이 사는 골목만 누벼 섭섭했던 사자탈, 춤출 줄 모르고 함부로 머리만 흔들어대던 그 멍청스런 탈. 액신厄神을 쫓을 때 천축天竺의 것은 꼬리를 흔들고 당唐의 것은 동체를 흔든다고 한다. 주마등처럼 흘러간 풍경이지만, 어린 눈에 비친 사자탈의 붉은 아가리가 너무 선명해서일까.

아니면 둑 너머 활터, 경로당 낡은 벽에 언제나 청사초롱과 함께 걸려 있었던 눈꼬리 찢어진 천하대장군 같은 탈바가지의 무서움 때문일까.

탈춤! 돌이키면 멀리 서역에서 건너왔을 신라인은 물론 긴 세월에 걸쳐 우리네 슬픈 족속들을 웃기고 때로는 울리던 멋과 흥의 상징.

옛날에는 더없이 화려하고 힘차던 노장춤도 문둥춤도 그리고 사상좌춤, 팔목중춤, 사자춤이 오늘은 부잣집 안마당에서 내일은 시장 한 구석에서 모레는 주막에서 전전유랑하다가 이제는 자연 속에 머문 순수한 풍물시.

애석다. 산대극 각본에 나오는 광대의 생활 상태를 보면 제10 취발이 과정에서(ㄱㄴㄷㄹ/ㄱ 자로 집을 짓고/거주居住 없이 되었고나)

"은, 나와라 와라 똑딱.

금, 나와라 와라 똑딱."

1) “뉘가 버린 탓일까”를 삭제.
2) “성이가 버린”을 “성이의”로 수정.

강아지풀
—가장 사랑하는 한마디의 말

릴케는 다만 '과수원'을 그의 모국어로 부르기 위해 긴 세월 시를 썼다지만 실지로 모래알보다 많은 언어 중에서 한마디 보석 같은 시어를 골라 사랑하기란 내게 있어서는 낙타가 바늘귀로 들어가는 것보다도 어려운 일인 양 싶다. 그러한 나에게도 지나온 도정, 못 견디게 좋아했던 몇 마디의 어휘는 있다. 그중에서도 방랑자가 두고 온 고향을 그리듯 오랫동안 그린 한마디, 강아지풀, 꽃망울도 없이 들길에 혹은 박토에 밀생하는 야생초, 빛을 바라며 어둠 속에서 우는 어린이 같은 존재, 가을이면 꽃의 그림자 같은 녹물이 드는 오요요 강아지풀.

흰 고무신, 흰 저고리
—이 한 편의 시

흰 수건이 검은 머리를 두르고

흰 고무신이 거친 발에 걸리우다

흰 저고리 치마가 슬픈 몸짓을 가리고

흰 띠가 가는 허리를 질끈 동이다.

위에 든 시는 말할 것도 없이 윤동주의 「슬픈 족속」이란 작품의 전부이다.

전부랬자 불과 네 줄에 지나지 않는 이 짧은 한 편의 시는 왜 때때로 나의 옷깃을 여미게 하는 것인가. 얼핏 보아도 우리네 시골이면 언제 어디서나 얼마든지 볼 수도 있는 예쁘지도 아무렇지도 않은 그저 평평범범한 여인상임에도. 이 소박한 한 편의 시는 왜 때때로 나의 옷깃을 바로 여미게 하는 것인가. 그것은 어디까지나 가령 지용의 「고향」이나 혹은 이상화의 「빼앗긴 들에도 봄은 오는가」의 시편을 전연 배경하지 않더라도 나로서는 저 이루 말할 수 없는 암흑기에 처했던 우리네 수난의 상처, 수난의 아픔을 한 올의 가식도 없이 적나라하게 표상한 한 장의 슬픈 만사輓詞로 보기 때문이다.

더구나 마지막 줄의 "흰 띠가 가는 허리를 질끈 동이다"에 이르러서는 헐벗고 의지가지없는 자들의 인고의 눈물, 그 눈물의 언덕을 넘어선 어느 비장한 결의마저 느껴져 더욱 숙연해진다.

처음 내가 윤동주의 시를 대한 것은 8·15 해방 직후의 경향신문 지상에서였다.

누구인가의 간단한 소개문과 같이 그의 몇 편의 주옥은 어스름에 뜨는 샛별처럼 수줍게 빛나기 시작했다. 열 권의 시에 대한 이론서보다는 한 사람의 시적 분위기가 아쉬워 거두절미하고 자주 길을 뜨던 무렵, 나대로의 꿈에 젖어 방황하던 철없는 이십대의 전반, 그런 시절 해방의 감격과 더불어 수줍은 듯 나타나는 그의 이름은 생소하면서도 정다웠고 그리고 놀라움이었다. 그의 고향은 멀리 북간도라 했다. 그는 학생의 신분으로 이역땅 모진 형무소에서 사상 불온이라는 죄명(?)으로 옥사했다고 했다. 꽃 같은 젊음으로 만일 시가 스스로 능금처럼 익어 떨어지는 것이라면 익을 대로 무르익었으되 떨어질 사이도 없이 빼앗긴 목숨.

이 우러러 한 점의 부끄럼도 없는 순수의 출현이야말로 당시 우후죽순격인 사회 풍조가 아니더라도 내게 있어서는 문자 그대로의 감격이었다. 장 주네를 두고 장 폴 사르트르는 성聖 주네라고 불렀다지만 그 이유야 어쨌든 일체의 속성을 떠난 순수 그대로의 그이야말로 성聖 윤동주라 불러도 좋으리라. 어찌 뜻했으랴. 몇 해 전 한국시인협회 주최인 현대시 세미나에서 천만뜻밖에도 그의 죽마지우인 문익환 시인을 만나 하늘과 바람과 별과 시의 이야기를 들을 줄이야. 아, 그렇다. 이 아름다운 정신이 주는 고독과 아픔을 어찌 한 낱의 후회도 없이 작별할 수 있는 것인가. 저 무심히 피고 지는 꽃처럼.

파스텔의 질감
—임성숙 시집 『우수의 뜨락』을 읽고

구슬로 엮은 시집 『우수의 뜨락』을 듣고 정말 나 자신의 일인 양 반가웠다.

그것은 시작 생활 십팔 년 만에 임시인이 처음으로 내놓은 시집이란 뜻에서만은 아니고 더구나 출신이 같은 충청도라는 뜻에서만도 아니다. 어디 시인의 고향이 따로 있을까보냐.

작품은 물론이지만 어쩌면 그렇게 제자와 장정, 사진까지도 잘 어울렸을까.

모두 42편에 달하는 시편 가운데 어느 한 편을 들어도 임시인의 진가는 선명하게 구석구석에서 빛나고 있다.

전체로 보아 그림으로 따진다면 유화라기보다는 파스텔의 가진 특유한 질감이다.

가령 '금붕어'로 제목한 한 편의 시를 보아도 청순하고 지극한 소망이 이름할 수 없이 아름답다.

그 손수건은 지금
내가 기다리는 위치의
어항 속에 녹아들어
채송화 꽃잎처럼 하늘댄다

내가 항상 기다리는 눈언저리를
한가롭게 일렁인다

빈틈없는 구도에 '마리 로랑생'의 상냥하고 부드러운 색감이 떠오른다. 시어가 주는 청량한 품위를 느낀다.

「망각」이란 시도 있다. 천사와 요정이 쉴새없이 건반에 맞추어 춤을 추는 듯한 환상의 세계. "그라스 밖으로 달아나는 맨발"의 요정은 풀밭에서도 지쳐, 더는 가지를 못하고 "보석이 빛을 모으는" 그라스 안으로 다시 숨어들지도 모르겠다.

그렇게 외길로만 달리는 그리움의 창에도 슬픔의 그림자는 뒤따르는가보다.

「성城」에서도 그렇고 「약속」에서도 그렇고 「대화」에서는 그 경지가 극한까지 밀린다.

꽃잎을

어둠과 빛 틈바귀에서 들여다보면 상처투성이다.

나는
모두 다 용서할 부채가 있는
수인이다.

그렇기에 '우수의 뜨락'은 영롱하다. 오직 하나의 영원성만을 믿기 때문에 시의 거미줄에 엉킨 그. 이 절체절명의 고독 앞에서 스스로 빨강 겨울 열매로 익어갔다. 그래서 그의 일상의 뜨락에 어느 날은 "퀴퀴한 수의"의 "행렬"이 "왈칵 정겨운 사람의 냄새"를 안고 수은등처럼 끝없이 잇닿고 또 어느 날은

쑴바귀꽃 피면
쑴바귀 캐다가 나물하고
쑴바귀꽃 씹는 맛
강물 따라 부실까

「쑴바귀꽃 피면」으로 향수를 재웠는가

그러나 무엇보다 이 시집이 미구 우리들의 심금을 부여잡고 흔드는 까닭은

물씬

손때 절은 창호지 내음
얼룩진 다스움이
명주 목도리처럼
상처에 와 감기네

「설향雪鄕」에서의 애틋한 한국의 유풍遺風과 「가을에서」

국화잎 오려
창호지 발라 놓고
문풍지 떨리는 가슴의 고동을
싸늘한 손끝으로 쓸어 재우노라면
가을은
친정어머니 무릎처럼 시려온다.

등등. 일련의 구스름한 한국의 심정을 꾸밈없이 노래한 때문이다. 찬물만 마시다가 어쩌다 마시는 숭늉 한 사발의 따스함이 있다. 참으로 놀랍고 고마운 일이다. 아직도 사이비 난해성에 병들고 있는 일부 시가들에게는 좋은 본보기로 믿는다.

더욱 우리들의 가슴을 뜨겁게 하는 것은 이미 「문득 미친바람」의 다음 구절

난폭한 오라비의 잔칫상을

애잔한 누이가 설거지하듯

에서 자처했듯이 역사에랄까. 시도詩道에랄까. 사랑에랄까 자기희생에 대한 너그러운 인고의 몸가짐이다. 진하고 열기 어린 연민의 눈물방울이다. 여기 사족이 있어 무엇 하랴.

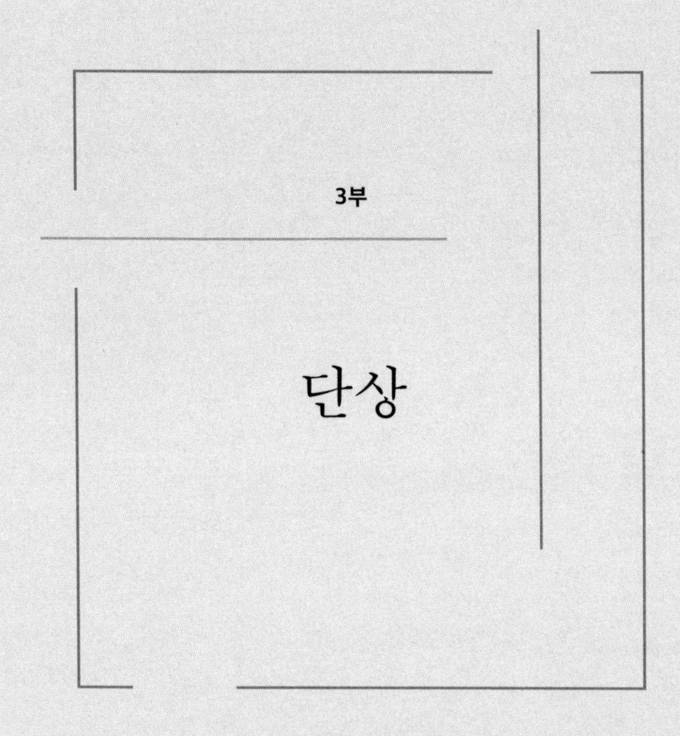

3부

단상

색깔

색깔에 대한 취미도 세월 따라 이것저것 달라지는 모양이다.

소년 시절에 가장 좋아했던 것은 오랑캐꽃 색깔이다. 책갈피마다 오랑캐꽃을 접어 넣고 심심할 때는 골똘히 들여다보곤 했었다. 멀리 떠나간 친구에게 띄우는 편지에도 오랑캐꽃을 넣어서 보내곤 했었다. 누이가 입는 치마 중에서도 오랑캐꽃 색깔의 메린스 치마가 제일 선명했었다. 가을 학예회 때 넓은 강당에 내려뜨린 수막도 오랑캐꽃 색깔……

그 무렵 '다케히사 유메지'라는 일본 화가는 여학생들이 달 없는 밤이면 곧잘 목청을 돋우던 유명한 〈달맞이꽃〉의 노래 작사가이기도 한 시인이지만 이 사람이 우리들이 열독하던 『소년구락부』이니 『소녀구락부』에 즐겨 예쁜 소녀상을 그리고 있었다. 소녀의 눈동자는 어찌도 큰지 정말 등잔불만 같았다. 그 큰 눈에 속눈썹은 유달리 길어서 마치 양산을 펼쳐놓은 듯했었다. 언제였던가. 〈녹색의 장원〉이라는 영화가 있었다. 거기에 나오는 은막의 요정 '오드리 헵번'의 깊은 눈동자와 꼭 같다고나 할까! 나는 그 젖은 듯한 소녀상이 좋았다.

눈빛은 역시 오랑캐꽃 색깔이었으니까. 그것은 하염없는 그리움이었다. 그것은 속절없는 꿈이었다.

다음에 내가 안타깝도록 좋아했던 것은 황토 색깔이다. 우리나라라면 시골 어디에 가도 언제나 볼 수 있는 다정하고 밝은 색깔. 잊어진 듯 호젓한 등성이에 흐르는 색깔. 봄이면 반쯤 물에 묻히던 먼 고향의 색깔. 어느 색깔 못지않게 그리워하던 색깔이다.

일제 말기. 나는 시들해 있었다. 직장도 있고 몸도 건강했으나 마음은 시들해 있었다. 산다는 것에 의미를 찾지 못하고 어쩌면 산다는 그 자체마저가 치사스럽기만 여겨졌다. 나는 휴가 때면 무작정 시골길을 걸었다. 털털 털털털 고개를 기어 넘는 목탄 자동차의 먼지를 피해가며, 동해안 일대를 걸었다. 때로는 전라도 길을. 〈피 식은 젊은이〉의 구슬픈 가락을 뽑으며, 나뭇가지에 앉은 새들이 부러웠고, 이슬 머금고 피는 들꽃이 부러웠던, 눈물이 많은 계절이었다.

그러나 해 질 때까지 낯은 시골길을 걷노라면 부드럽게 부드럽게 발목에 감겨오는 황토 색깔의 감촉만은 그토록 좋았다.

그때 한참 '료마에'의 양복 윗도리가 유행하는 시기였으나 나는 언제까지나 감빛 잠바를 입고 다녔다. 훗날 친지인 어느 소설가가 「황색 시인」이란 소설을 쓴 일이 있었다. 들은 말로써는 나를 모델로 한 소설이라고 한다. 읽지를 못해서 그 내용은 알 수 없으나 제목만은 나에게 조금 실감이 난다.

황토 색깔 그것은 쓸쓸한 흥분이다. 젊음이 주는 괴로움이다. 어느덧 오랑캐꽃 색깔은 시들고 이제는 황토 색깔도 표백해간다. 지금은 5월. 조수처럼 밀려오는 푸르름 앞에 서 있다. 푸르름은 하늘 속에서 물매미를 돌고 뜨겁게 열을 품어대고 있다. 푸르름 속에서는 천둥이 친다. 번갯불이 반짝인다. '현실'이란 이름의 천둥소리. '진실'이란 이름의 번갯불. 과거는 너무 허망했다. 구름 위에 둥실 떠 있던 나의 발목을 이 따가운 푸르름 앞에 굳게 굳게 묶어놓아야겠다. 땀을 흘리며 작품도 써야겠다. 눈물 대신 땀으로 시를 써야겠다.

단상

보리 이랑 밀 이랑이 사운대는 시골길을, 까마귀떼 뜨고 민들레 꽃씨가 하얗게 부서지는 시골길을, 푸르름에 열기 어린 시골길을 하염없이 걷고 싶은 날이 있다.

높으지도 그렇게 얕으지도 않은 황토빛 구릉에 타는 여름 태양 아래—.

어쩌면 멀리 화란의 시골 풍경까지도 떠오르는 날이 있다. 화란의 시골 풍경이 떠오르면 거기에 또 화란이 낳은 화가인 '반 고흐'를 아니 생각할 수는 없다. 먼지 덮인 책 묶음을 풀고 다시 한번 비극의 상징인 그의 생애를 더듬어보기로 하자. 정말 반 고흐의 일생이야말로 근대 예술사상 가장 비통한 사건임에 틀림없다.

여기 불란서 문학에 불후의 족적을 남기고 고흐와 같이 요절한 「팡세」의 저자 '파스칼'이 있다. 그는 부유한 관리의 아들로서 일찍이 그 영광을 다한 행복한 천재였다.

이에 반하여 고흐는 19세기 화란의 한촌寒村, 가난한 목사의 아들로서 5인의 제매弟妹를 둔 불우한 천재였다.

이름이 없었던 젊은 화가 반 고흐. 목사인 아버지와 점원인 아우의 도움 없이 하루도 생활할 수 없었던 세속적 재능이 절무絶無했던 존재.

어쩌다 이러한 사람이 탄생했는가. 신의 의지인가. 아니면 유전의 결과인가. 사랑과 죽음의 신비한 의혹 앞에 괴로웠던 사람은 예부터 헤아릴 수 없을 만큼 많기는 하지만……

사랑하는 사람에게는 사랑을 받지 못하고 사랑할 수 없었던 사람을 사랑해야 했던 고뇌의 아들.

늘 비애 어린 분위기 속에서 고향인 한촌을 그리며 하루하루 덧없이 보내야 했던 그.

아버지인 목사가 세상을 떠나자 비로소 아우가 있는 '파리'로 향한 그.

물론 예술의 서울 파리는 그를 한 사람의 화가로서 맞이하였다. 그리고 근대미술사에 지울 수 없는 큰 빛을 던졌으나 이것은 또 신앙의 비극이었던가, 성격의 비극였던가, 그렇지 않으면 숙명의 비극였던가. 1890년 7월 27일 스스로 자기 몸에 한 발의 피스톨을 겨누고 분연히 자멸의 길을 택한 것이다.

고흐의 일생이야말로 아직은 더욱 잔혹도록 우리들의 가슴을 울리며 예술의 공감을 자아내지만 그 이유는 무엇일까?

수목들이 불꽃처럼 흔들리며 물매미를 도는 격동하는 하늘. 그 불길한 하늘에 이글대는 두 개의 태양. 광기 어린 원색의 분수—

보리 이랑 밀 이랑이 사운대는 시골길을, 까마귀떼 뜨고 민들레 꽃씨가 하얗게 부서지는 시골길을, 푸르름에 열기 어린 시골길을 하염없이 걷고 싶은 날이 있다.

높으지도 그렇게 얕으지도 않은 황토빛 구릉에 타는 여름 태양 아래—.

장미의 시

우리들은 흔히 아름다운 얼굴을 장밋빛 얼굴이라고 하며 아름다운 햇살을 장밋빛 햇살이라고도 한다. 아름다운 바다를 장밋빛 바다라고도 하며 행복했던 시절을 장밋빛 시절이라고도 한다. 모나리자의 미소 같은 것도 하얀 장밋빛 미소라고도 할 수 있겠다.

이렇게 장미는 꽃 중의 꽃이요 무릇 아름다움의 상징이요 아름다운 자화상으로 자부한다. 그렇기에 많은 시인들은 이 장미를 소재로 많은 시편을 썼다. 릴케의 초기 작품에 다음과 같은 시가 있다.

첫 장미 꽃 송이가

장미의 첫 꽃송이가 눈을 뜬다
장미꽃 향기는

숨어서 웃는 여인의 나직한 소리처럼 그윽하다
그리고 제비의 날랜 날개처럼
문득 눈앞을 스쳐간다.
그대가 발자국을 옮겨놓는 곳마다 당황한 불안이 맴돌며 감겨 있다
모든 빛은 그윽이 떨리고
소리는 소롯이 자취를 감추며
밤은 너무나 새롭고
그리고 아름다움은 싱싱한 수줍음에
고개를 지우고 있다
모든 빛은 그윽이 떨리고
소리는 소록이 자취를 감추며

릴케야말로 신앙에 가깝도록 장미를 사랑했다. 빛과 움직임과 소리와 속도까지도 총 집중시켜 장미의 육신을 승화하였다. 먼 우주의 비밀까지도 엿듣는 것 같다. 장미가 지닌 꿈과 젊음과 티 없이 맑음은 시인의 소원일까.

그러나 그렇게 신비한 장미도 언제까지나 그 모습을 지탱할 수는 없다. 로댕도 말했듯이 "꽃도 진다". 신앙에 가깝도록 장미를 사랑했건만 릴케 역시 "오오, 장미 순수한 것이여! 이 모순이여!" 하며 탄식하고 있다. 실지로 장미는 두 개의 얼굴을 가지고 있는 것이다. 그것은 저 구르몽의 「비바람 속의 장미」에도 여실히 나타나 있다.

비바람 속의 장미

하얀 장미는 상하였다.
거치른 비바람 속에서 상하였다.
그러나 그 향기는 더욱 높구나
일찍이 받아온 괴로움 때문에
수없이 견뎌온 괴로움 때문에
그 향기는 더욱 높구나
허리띠에 꽂아라 이 장미
가슴 깊이 간직하라 이 상처
비바람 속의 장미에 너도 닮아라
상자 속에 간직하라 이 장미
그리하여 비바람 속에 상처 입은
꽃의 사연을 상기하라
비바람은 지켜준다 그 비밀
가슴 깊이 간직하라 이 상처

이 얼마나 처절한 또하나 다른 장미의 자화상이랴. 인생유전이랴. 아름다움의 하관이랴. 솔로몬의 영화도 하루아침 이슬이라던가! 참으로 어느 시인[1)]의 술회처럼 "꽃의 목숨은 짧아도 괴로움만은 길다".

그러나 그러나 아름다움은 영원한 것. 오스카 와일드 같은 사람은 늘 가슴에 장미 꽃송이를 달고 파리의 골목을 누볐다고 한다. 도쿠토미 로카 같은 사람도 "장미는 가시마저 아름답다"고 한 일이 있다. 어쨌든 진정 한 번만이라도 나도 장미이고 싶다.

1) "하야시 후미코"를 "어느 시인"으로 수정.

'홍래 누님'의 정한의 시
—내가 즐겨 부르는 동요

파랑새

전래동요

새야 새야 파랑새야
녹두밭에 앉지 마라
녹두꽃이 떨어지면
청포 장수 울고 간다

모처럼 옛 벗들이 어울리면 옛 얘기가 나오고 술자리가 벌어지고 술자리 끝판에는 으레히 누구의 입에서랄 것도 없이 노래 한 곡쯤 흘러나오기 마련이다. 그러면 선창자는 또 다음 차례를 지명하기도 하여 그런 때의 노래 재촉이야말로 성화같이 대단하다. 그런 때 못 이긴

체하고 부르는 비장의 노래를 18번이라고 한다던가. 이른바 그 18번이 없는 나는 때때로 당황하기 일쑤이지만.

비록 18번은 없다 해도 지금은 흘러간 노래의 몇 구절쯤이야 어찌 나도 모르랴만 그건 모두 선창자들의 차지.

결국 망설이고 망설인 끝에 내가 부르는 노래에 전래 동요인 〈파랑새〉가 있다. 위기 아닌 위기를 모면할 양으로 내가 부르는 노래가 한껏 동요래서인지 좌중은 기대에 어긋난 듯 좀은 서운한 눈치다만.

마치 천자문을 외듯 내가 마냥 이 노래를 부르는 까닭은 뭐랄까, 결코 이 노래의 유래를 남달리 동정해서는 아니다.

내겐 손위로 누님 한 분이 계셨다. 과년 찬 누님이셨다. 누님이 삼십이 가깝도록(그 당시) 혼기를 놓친 것은 무슨 누님에게 흠이 있어서가 아니고 누님은 오히려 청초하기가 물가의 창포 같았다. 그런데도 순전히 아버지의 아집 탓일까. 허기사 일정 말기, 갑자기 기운 가세에다가 지칠 대로 지친 아버지였지만 측간에 가실 때에도 반드시 대님을 매곤 하시던 분인 만큼 고명딸을 함부로 아무에게나 주실 순 없으셨으리라.

깊은 구중 규방에서 수틀이나 들고 호랑나비의 꿈을 좇아야 했을 홍래 누님은 삼복더위에도 기껏 보리방아나 찧고, 보리방아에 젖던 누님의 모시 적삼.

그 홍래 누님의 등에 업혀 내가 소학교도 들어가기 전에 옥수수밭 머리에서 익힌 〈새야 새야 파랑새야〉.

어쩌랴. 누님은 그후, 목선을 타고 강 건너 마을로 시집갔지만 일

년도 못 되어 세상을 뜨고.

비단 술자리뿐이랴. 어쩌다 밤잠을 놓치고 영창에 비치는 나무 그림자를 보고서도 〈새야 새야 파랑새야〉를 천자문 외듯 하고 있을 때가 있으니, 그지없이 어둡던 시절의 그지없이 처량할 노래여.

유리컵 속의 양파

태초에 하나님이 천지를 창조하시니라…… 하나님이 가라사대 빛이 있으라 하시매 빛이 있었고 그 빛이 하나님이 보시기에 좋았더라. 하나님이 빛과 어두움을 나누사 빛을 낮이라 칭하시고 어두움을 밤이라 칭하시니라. 저녁이 되며 아침이 되니 이는 첫째 날이니라(창세기 1).

수천 년 이렇듯 밝아오는 아침에 나는 자리맡에 놓인 유리컵 속의 양파 알을 본다. 양파 알의 실뿌리를 본다. 옥수수수염처럼 내린 실뿌리를 본다. 양파 알은 취미랄 것까지도 없는 나의 지극히 소박한 겨울 취미의 하나로서 김장 때 아무렇게나 유리컵에 꽂아놓은 것인데 그동안 가끔 물도 갈아주고 했더니 옥수수수염 같은 뿌리가 나왔을뿐더러 푸르릅히 싹마저 돋아나 흡사 대지의 봄을 느끼게 한다.

새해 새아침, 훈훈한 대지의 봄을 보듬은 유리컵 속의 양파 알을 본다. 양파 알 실뿌리를 본다. 실뿌리는 세월, 일 년이 아닌, 십 년이 아닌 백 년의 세월을 본다.

실뿌리는 또 역사, 이미 흘러가버린 역사가 아닌 앞으로 닥쳐올 생생한 새 물결의 역사를 본다. 백 년의 세월과 새 물결의 역사로 얼기설기 뒤엉킨 실뿌리는 불꽃, 자칫하면 스치는 바람결에도 스러지려는 풍전등화 같은 그런 것이 아닌 마악 심지에 댕겨진 신생의 불꽃, 신생의 불꽃을 본다. 뜨거워도 아무리 뜨거워도 빈손에 견디어야 할 불꽃에서 모세혈관의 아픔을 느낀다.

징이 울린다. 어디선가 여명을 알리는 징소리는 산하에 퍼진다. 산하는 멀어도 가까이 있다.

기다리는 눈은 오잖고 때아닌 찬비가 그렇잖아도 어수선한 풍경을 더욱 어수선케 하던 지난 세모歲暮에 나는 멀리 남쪽에 사는 젊은 시인으로부터 한 편의 시와 한 통의 편지를 받은 바가 있다.

한 편의 시는 늦가을, 새파랗게 언 섬진강 기슭에라도 떠 있을 해오라기 한 마리의 인상을 읊은 듯했다. 그 시는 어쩌면 어둠 속에서 저무는 어떤 종말 같은 흰빛을 띠고 있었다.

"낙산 고개 우리 셋집 서너 평짜리 안마당에서 저녁 시장기나 면해보려고 둘째 놈이 나와 늘 자를 치며 놀듯"이라는 구절에서나 "찬 모래에 발을 들고 서서 한 발씩 한 발씩 깨금발로 땅을 재어가는 너는 어느 눈먼 단군의 후예일라"라는 구절에서나 또는 "외줄로 써서 갈긴 내 동생의 뜨거운 목소리처럼 눈뜨고는 이 시대의 한복판을 지나갈 수가 없다"라는 구절에서도 나는 문자 그대로의 암울함을 느꼈다.

같이 보낸 한 통의 편지 역시 한 편의 시 못지않게 암울하였다. 십 년 각고 끝에 직장을 하나 얻어 올라간 동경의 서울이었건만 끝내 실망타 못해 낙향하고야 말았던 젊은 시인의 긴 사연은 숫제 눈물이요, 비분, 비판 그 자체였다.

부초浮草처럼 한군데 발을 디디지 못하고 방황하며 괴로웠던 나의 젊은 날도 상기되어 비통하기 그지없는 순간이었으나 허나 시인이여 비판하지 말자. 저무는 섬진강의 한 마리 해오라기처럼 괴로워도 서러워도 비판치 말자.

오로지 아름다운 혼을 지키기 위한 세상의 모멸이라면 얼마든지 감수할 수도 있는 문제 아닌가. 만일 한 알의 밀알이 땅에 떨어져 썩지만 않는다면 언젠가는 반드시 모면할 수 있는 세상의 모멸이 아니겠는가.

시인이 어둠 속에서 새로운 획을 긋는 닭장 속의 닭의 존재라면 그날까지는 괴로워도 서러워도 견디어나가자.

유리컵 속의 양파 알 뿌리에서 모세혈관의 아픔을 느낀다. 껍질을 벗는 아아, 이 새해 새아침.

가까이 있는 진정한 아름다움

Q형, 까치가 우짖고 있습니다. 봄을 물고.

도시의 봄은 빌딩숲 사이 아코디언 소리로 온다고 어느 시인은 읊었지만, 아무래도 시골의 봄은 까치가 물고 오는 듯합니다. 나뭇가지 물고 오듯.

먼산은 아직도 잔설의 여운이 선연한데 Q형, 한 쌍의 까치가 머리맡에서 우짖고 있습니다.

Q형, 얘기가 나왔으니 말이지 까치라면 언뜻 시인 윤동주의 「산울림」이 떠오르는군요.

까치가 울어서/산울림/아무도 못 들은/산울림/까치가 들었다/산울림/저 혼자 들었다/산울림.

이토록 간결한 행간에 얼마나 많은 고독의 우상은 숨어 있습니까. 언뜻 보아 동시풍의 소품이지만 얼마나 철저한 고독의 추적입니까. 다만 까치와 산울림만을 배치함으로써 저 무한한 우주공간의 정막을 꿰뚫은 듯한 솜씨야말로 정말 놀랍군요. 이 단순한 아름다움. 이런 시적 감동이야말로 우리들의 간담을 때때로 서늘케 하지요.

Q형, 봄이 다가오고 있습니다. 아슴아슴 부활의 등피를 들고, 카튜샤의 봄이.

Q형, 왜 우리가 어렸을 때 소녀들 간에 카튜샤 두건이라는 것이 유행했었지요. 기억하시지요. 머리와 볼을 삼각형으로 감싸는 그 멋진 스카프 말입니다. 봄에도 오는 시베리아의 눈. 그 눈길을 헤치고 하염없이 가는 유형流刑의 카튜샤, 뒷모습에 나불대던 삼각 두건. 나중에 카튜샤는 옥중에서 개명을 했다지요. 마슬로바. 비록 개명은 했어도 언제까지나 그네의 머리에 나불대고 있었을 카튜샤 스카프.

참 Q형, 춘한春寒이란 말이 있지요. 봄은 봄이지만 답지 않게 추운 봄추위, 보리추위. 요즘도 가끔 봄추위에 카튜샤 두건을 하고 상고머리 보리밭 길을 가는 시골 소녀들을 보면 되찾은 순정 같아서, 눈물겨웁지요.

Q형, 얼마 전 보내주신 시집, 울적하면 펴 들고 있습니다. 그리고 가슴 뭉클해합니다. 후회합니다. 그건 형의 육친에 대한 진정뿐만이 아닌 이웃에 대한 사랑 때문이요. 나의 불효, 나의 무능 탓이지요. 그건 형의 적나라한 육성 때문이요, 나의 하찮은 기교 탓이지요. 시와 진실 때문이지요, 진정 아름다움이란 멀리 있는 것 아닌 가까운 곳에

있는 것을.

Q형, 아침 세숫대야 속의 물빛에서도 봄을 느끼지요. 기다려지던 봄, 기다리던 봄, 봄. 새삼 건필을 빌며.

79년 신춘新春.

민들레 몇 송이

나는 어린 시절을 금상 하류에서 보냈다. 봄눈이 녹으면 강물은 부풀어 온통 황톳빛으로 소리 내며 굽이굽이 반짝였었다. 넓은 강폭 양쪽은 높고 기다랗게 쌓여져 있어 하학하면 곧잘 그 둑에 올라 삘기를 뽑으며 혼자 놀았다. 삘기 사이를 어쩌다 잘 보면 거기 어느덧 민들레 몇 송이가 방긋이 웃고 있었다.

이른봄 맨 처음 혼자서 발견했던 민들레 몇 송이의 감동을 지금도 나는 영 잊을 수가 없다.

삘기는 먹을 수도 있어 해 질 무렵이면 으레 풀빛으로 물든 입술에 민들레 잎을 물고 긴 둑길을 힘껏 달음질치곤 했었다. 하루하루 책갈피에 늘어나는 민들레의 꽃대. 강변엔 갈대숲이 사운대는 고장이었다.

민들레 이야기가 나왔으니 말이다. 그러니까 작년 봄. 나는 한 이주일 남짓 집을 비웠었다. 집에 들어선 나는 담장 밑에서 깜짝 놀랐다. 뜻밖에도 거기 노란 민들레 몇 송이가 호젓이 웃고 있지 않은가! 어떻게 왔을까. 골목 안 맨 끝집에. 어떻게 피었을까.

부는 바람의 탓이라고 하기에는 너무도 신묘로웠다. 시골에서는 그렇게 흔한 까치며 까마귀까지도, 참새의 그림자마저 보기 어려운 이 메마른 거리.

풀꽃 먼지만 날아드는 골목 안에 핀 몇 송이 민들레는 정말 신기로웠다.

민들레 송이에서는 어린 날의 강바람 냄새가 났다. 벌레들만 모여서 사는 들녘 냄새가 났다. 두멧골. 맷돌 냄새가 났다. 등잔불 냄새가 났다. 이 끝없는 방랑자. 자유의 아들. 날개가 있는 꽃. 갑자기 중국의 어떤 작가의 말까지도 떠올라 한참을 숙연하였었다.

길은 따로 있는 것이 아니다. 만들면 되는 것이다.

아침마다 가까운 국민학교 운동장에서는 〈고향의 봄〉이 확성기를 타고 울린다. 이제 머지않아 복숭아꽃 살구꽃도 피리라. 그러나 그보다 앞서 우리집 담장 밑엔 소망처럼 몇 송이 민들레가 먼저 피리라. 물오른 버드나무의 원경도 평화롭게.

소하산책銷夏散策

무더운 여름밤이다.

"진실로 나의 젊음의 보람이 한 잔 막걸리에 다했을 바에, 나 또 무엇을 악착하고 회한하고 초조하랴"라는 김종길 시인의 「주점일모酒店日暮」가 새삼스러워 전전반측한다.

동이 트면 길을 뜨리라. 먼길을 뜨리라. 맥고모자 하나 눌러쓰고 빈손 저으며. 고속버스 아닌 일반버스 정류장에 서리라. 맨 뒷전에 앉으리라. 뒷전에 앉아 몸을 들썩이며 황톳길을 달리다가 차창에서 올려다뵈는 산협의 비둘기떼를 보리라. 무리 지어 나는 비둘기떼를 보며 문득 나의 첫사랑을 생각하리라. 창포 실뿌리 같은 나의 첫사랑. 다만 순결이란 어휘가 그토록 아름답던 시절, 그런 시절을 회상하다가 오르는 사람은 없고 내리는 사람만 있는 지점에서 버스를 내리리라. 산이내를 찾으리라. 먼 날의 부소산을 찾으리라. 백화정에 올라 백마강을 굽어다 보리라. 한여름에도 푸르스름한 산이내가 연기처럼 감도는 백화정에 누워서 복중의 땀을 말리리라.

그즈음 고란사에선 저녁 종이 울리리. 종소리에 아직은 여리디여린 은행알이 석등에 깨지리라.

민들레 한 송이에도
—전원에 산다

나의 요람은 전원

봄 들어 시골 울타리 밖에나 심는 맨드라미, 분꽃, 채송화, 봉선화…… 풀꽃들이 부쩍 눈에 어른거려 손바닥만한 화초밭에나마 올해는 다른 건 모두 제치고라도 그것들만 소복이 피워볼 양으로 몇몇 아는 이들에게 부탁을 했으나, 어찌된 셈인지 그것들이 인기 종목이 아닌 탓인가, 적기를 넘어도 감감무소식이기에 단념하고 있던 차에 그간은 무관심인 듯하던 아내가 뜻밖에도 비 오는 어느 날, 어디선가 한 무더기 봉선화 묘를 부삽으로 떠온 덕분에 그것을 박토에 심어놓고 가뭄에 조석으로 바가지 물을 쏟고 있는 형편이다.

옹이에 공이 격이랄까, 집만 하더라도 내 취향 같아서는 용마루나 새뜻한 초가에 살고 싶은데, 취향과는 달리 명색 슬레이트 지붕 밑에서 옴살거리고 있는 형편이고 보니, 전원에 살고 있으면서도 선뜻 전원에 산다 운운은, 미안스럽고 송구스러운 일로서 이 글은 무척 망설여졌으나, 한편 한 사람에 있어 그의 생애는 생후 이십 년까지가 전부라는, 대담하리만치 솔직한 어느 작가의 술회가 떠올라, 그 말이 진정이라면 예술지상적인 면에서가 아니라도, 나의 요람은 전원이요, 나의 이십 년간의 성장 과정 역시 시골이랄 수밖에 없다는 결론에 이르러서야.

현재 살고 있는 여기만 하더라도 애초에 찾아든 동기는 목교木橋에 맑은 물이 흐르고, 물에는 물새가 날고 박꽃 피는 토담이 옹기종기한 전원풍에 마음이 쏠린 탓이 아니었던가.

그간 적지 않은 세월이 흘러, 물새 날던 목교 밑은 복개가 되어 그 위로 벌집 같은 백화점이 들어섰을뿐더러, 불과 주민 사오만의 거리가 이제는 인구 오륙십만의 중간 도시로서 상전벽해의 감이 없진 않으나, 허나 아직은 금시라도 차를 타고 한 이삼십 리만 달리면 고즈넉한 전원은 얼마든지 전개된다.

잎에 반쯤 가려 오디가 익는 마을 박하 내음.

박하 내음 배오는 사잇길을 벗어나면 느티나무, 여울.

여울목에 맴도는 물무당.

(무당이란 죽어서 새가 되고 싶어한다는데 엉뚱하게도 물무당이 된 넋도 있는가)

물무당이 수면에 그리는 별신別神굿, 파문—

파문 언저리에 빠끔빠끔 거품, 물거품이 인다.
흐르는 물거품 따라 가르마길을 간다.
가르마길 끊어진 거기, 훤히 트이는 지평과 맞닿은 들녘.
들녘에 서걱이는 검푸른 모포기,
논귀에 잠긴 흰 구름.

논귀에 잠긴 구름을 보고 한국의 풍물시라고 격찬했던 사람의 이름은 잊어버렸다.

콩밭을 매는 아낙들. 쟁기질하는 농부들 모습도 보인다.

콩밭 이랑에 떴다 가라앉는 아낙들의 머릿수건, 구슬땀에 젖는 쟁기 뿔 타고 노고지리가 울고 있다.

저렇게 자지러지게 우는 놈은 아마도 올봄에 알을 깨고 나온 새끼이랴.

어릴 적 외우던 동창이 밝았느냐의 노고지리 우지진다.

낙향, 어찌 감상만이었으랴

해방 직후, 김소운 선생이 동래 원예학교 교가에 노고지리 1절을 첨가한 것은 히트였다.

저들은 철저하게 영리해서 노래만 들려주고 좀체로 그 보금자리는 보여주지 않는다.

그래서인지 어느 시인은 다음과 같이 읊었다.

> 하늘의 떠돌이 시인!
> 하늘의 순례자여!

천년을 하루같이, 하루를 천년같이 우짖는 진리의 샘이여.

나는 오늘도 그들의 묘음妙音을 아무 스스럼 없이 듣는다.

'자연으로 돌아가라.' 너무도 유명한 모토이다. 이를 신봉하기에 내가 봉두난발로 반생을 전원에서 살고 있는 것은 아니다.

뉘는 날더러 적응성이 없다지만 마냥 그런 것만도 아닐 것이다.

뉘는 날더러 현실을 외면하고 있다지만 마냥 그런 것만도 아닐 것이다.

어쩐지 내게 있어서의 단편적인 도회 생활이란 사철 정장을 하고 섰는 동상의 거북살스러움이다.

어쩐지 내게 있어서의 숨막히는 도시 생활이란 줄을 타는 곡예사의 서글픔마저 있다.

하기는 그 거북살스러움, 그 서글픔마저도 견디어내는 곳에 인생의 열쇠는 있다지만.

누군들 한때는 도회를 동경하지 않은 사람이 있으랴. 나도 한때는 서울에 있었다. 남부럽지 않은 직장이었으나 나는 도리어 그게 싫었다. 안일무사함에서랴.

장미만이 꽃이랴. 무릇 꽃이란 꽃은 저마다 지닌 자태로서 저마다 아름다운 것, 앞서 말했듯 나의 요람은 전원이요, 성장 과정이 시골이었기 때문이었으랴. 한 송이 민들레에도 고향과의 만남을 느껴, 무턱대고 낙향만 하고 싶었다. 아니 그보다도 쫓기는 사람이 쫓기는 사람을 쫓고 있는 듯한 슬픈 상념, 일정하이기에 더욱 그랬었는지도 모른다.

상념은 이윽고 8·15 해방의 감격과 더불어 그 자리를 뜨게 하고 말았지만. 남은 그러한 나를 두고 감상적이라고 하리라. 감상적이어도 좋다. 극한 감상은 고상한 낭만과도 통하니까. 남은 또 그러한 나를 두고 의지박약이라고 하리라. 의지박약이어도 좋다. 실은 나의 낙향이야말로 아름다운 자연과의 만남, 무엇보다도 문학 공부를 하고 싶은 데 있었다.

'나는, 나의 내부에서 스스로 뛰쳐나오려는 것을 살아보려 했을 따름이다. 그런데, 그것이 왜 그렇게도 어려웠던지'라고 한 에밀 싱클레어의 개탄이야말로 아프다.

숲이 아니라도 소쩍새 울고

소쩍새 소리 따라 산길을 걷는 날도 있다. 우거진 숲이 아니라도 소쩍새는 운다. 오리나무, 참나무, 허리 굽은 소나무, 듬성듬성한 황토 산, 민들머리 돌산에서도.

밀 풍년, 보리 풍년, 풍년은 들었는데,

"솥 적다."

"솥 적다."

하고 운다는 소쩍새.

> 이화梨花에 월백月白하고 은한銀漢이 삼경三更인데
> 일지춘심一枝春心을 자규子規야 알랴마난
> 다정多情도 병病인 양하여 잠 못 들어하노라

이 자규 또한 소쩍새의 이름이다. 전원에서는 이미 흘러간 육백여 년 전의 명작도 아무 스스럼 없이 들을 수 있다. 푸른 이마의 고려 선비 아니더라도 청복이 아니랴.

물론 나는 안다.

도회 못지않게 전원에 스며 있는 우울을, 그림 속의 소와 실지의 소는 다르다는 것을.

나는 안다.

아침 이슬에 젖는 베잠방이, 동여매는 허리띠.

지난 5월 낙향한 작가 오영수씨가 쓴 낙향 일기 「오승五升의 변」은 내게는 근래에 없는 감동이었다. 비록 짧은 글이었으나 피안의 등불과 같아 잊을 수가 없다.

자운영은 들녘 논들에 피고 진달래는 산골 벼랑에 펴야 제격이듯이 생리가 그렇고 생장 역시 할 수 없는 촌놈인 바에야…… 한 달에 쌀 다섯 됫박, 연탄 여남은 개, 석유 반 말이면 족하다…… 백이숙제는 수양산 고사리만 먹고도 천수를 다했고, 한무제는 불사약을 구하러 고려까지 보내왔으나 쉰을 채우지 못했다…… 나는 도시에서 잃어버린 이웃을 찾아 온 거다. (이 이웃이란 내 인생에 많은 의미를 가졌다. 여기서도 이웃을 찾지 못하면 이웃을 만들어볼 참이다.) …… 그리고 또 하나 언제까지나 맹꽁이, 핫바지 바보로 쥐어박히고 속고, 이용만 당하고 살 수만 없고…… 그러나 눈이 바시고 얼굴이 뜨거워 할말을 못했다. 맹꽁이에게도 할말은 있고 또 해야겠다……

참으로 선행자先行者의 악의 없는 양심의 소리는 서릿발 같구나.

이웃을 사랑하라! 이웃을 사랑하라고 부르짖은 러시아의 문호, 레오 톨스토이는 그 주장과는 달리 가장 가까워야 할 부인과의 불화인 듯 만년에 가출하여 이름 모를 정거장에서 쓰러졌다지만, 그의 비극적 종말과는 달리 씨의 결행이야말로 의미심장하다.

이제는 남대문을 도는 막전차의 애잔한 바퀴 소리마저 잊혀진, 더구나 전원에는 얼마든지 떼 지어 모여드는 때까치마저도 시청 옥상에 사육해야 할 만큼 메마른 서울의 하늘, 그 퇴색된 낭만이 권태로워서 뿐만이 아닌 좀더 보람 있는 설계를 위한 귀소歸巢이랴. 물에 빠진 사람이 지푸라기라도 잡으려는 허망한 몸짓은 결코 아니리라.

어느 날은 나루터를 찾는다.
행인을 기다리는 소년 사공.
나를 보고 빙그레 웃는다.
구릿빛 미소,
구릿빛 미소에 잠자리꽃이 떴다.
뱅뱅뱅 돈다.
바람개비 된 잠자리꽃이 열, 스물…… 비눗방울인 양
강줄을 타고
흐르고 흘러
참외 원두막
지붕 위
물구나무섰다.

낮잠에 취한
원두막지기
꿈속에

물구나무서고 있다.

나루터에 물끄러미 앉아 수심을 바라보며 C형을 생각한다. C형이 왜 세계 일주를 마친 귀국길에 맨 먼저 백마강을 찾은 이유를. 그는 어느 주점에서 독백하듯 했다. 세계 어느 나라를 돌아봐도 우리나라 전원에 흐르는 강줄 같은 우아한 흐름은 없더라고. 저절로 손을 담그고 발을 담그고 싶도록 누님과 같고 어머니와도 같은 강은 없더라고. C는 향토미를 추구하는 조각가이다.

아름다운 것과의 만남, 시를 위해

먹물이 없으면 숯을 갈아서 글씨를 썼다는 이삼만, 창호지 한 겹으로 삼동을 났다는 이 명필가는 전원의 전형이다.

이제 전원에 여름이면 모시 필, 저녁에 풀을 먹여 밤이슬에 축인 후, 새벽닭이 홰를 치기 전 마름질하던 아낙들의 다듬이 소리는 들을 길 묘연해도, 나는 안다. 타다 남은 불덩이를 항아리 뚜껑으로 덮어, 숯을 만드는 슬기로운 손길을.

나는 또 안다. 이제 전원에 이삼십 리 밤길을 멀다 않고 고갯마루를 넘어, 마을 가는 사람의 그림자는 드물어도, 그때 그들이 벗하던 임자 없는 달은, 어딘가 숨어 있음을.

나는 전원을 사랑한다. 사랑에도 이유가 있으랴. 미사여구가 필요하랴. 아름다운 것과의 만남, 시를 위해 오늘도 전원에 선다.

내 영혼은 한 그루 나무, 길은 길에 연하여 끝없으므로 나는 오늘 전원에 선다.

서녘 바람도 나의 것이요.
동녘 바람도 나의 것이요.

남들은 날더러 장 속의 새라 한다. 만일 내가 장 속의 새라도 지혜 있는 새라면 접시 물을 튕기고, 푸른 창공 높이 날아오르리. 푸른 창공에 날아올라, 그대의 과수원으로 가리, 푸른 사과 향기에 취하리. 수묵빛 솔밭에 내려, 오솔길에 기운 낮달을 보리, 창가에 외로운 물레를 찾으리, 저물녘 억새풀에 새는 불씨를 물리.

젊어선 민들레 한 송이에도 고향을 느꼈던 나.

가을에 생각한다

먹감

나직한

담

꽈리 부네요

귀에

가득

갈바람 이네요

흩어지는 흩어지는

기적汽笛

꽃씨뿐이네요

—가을.

창을 열면 손에 잡힐 듯한 열매, 대추알이 총총히 익고 있지요.

가을은 대추의 계절, 머지않아 저 열매가 손톱빛으로 물들면 추석 명절은 다가오겠지요, 벗이여.

모처럼 어제는 시장엘 나갔더니 군데군데 싸리버섯, 토란, 우엉 뿌리들이 첫선을 보이고 있더이다. 동부콩, 풋콩 묶음도 바닥에 쌓여 있더이다.

한쪽 창에는 또 손에 잡힐 듯한 위치에서 살며시 가을 문을 열고 있는 감. 그래서 가을은 또 감의 계절. 감 중에서도 먹감의 계절. 먹감이란 볕을 받는 쪽이 먹처럼 검게 되지요.

먼 날, 하학길에 어린 가슴을 마냥 들뜨게 했던 그 흑시黑柿.

먹감을 보면 오십도 소년이 되지요. 그것이 익으면 몇 알 목기木器에 괴곤 나는 어머니 혼백을 부를 터이다.

아버지 혼백을 부를 터이다. 수백 번 외어볼 터이다. 사정이야 어쨌든 두 분의 임종을 못 본 불효이기에.

그때부터 생긴 마맛자국 같은 회한이, 때때로 어스름이면 잔을 들고 쓰러지게 하는 것을.

벗이여, 오늘도 당신은 광맥을 찾아 땅속 깊숙이 비지땀을 흘리고 있을지 모를 벗이여.

아니면 멀리 수평선을 바라 무엇이든 골똘히 암중모색하고 있을 이름 모를 벗이여.

가을 벗이여.

뜨락의 자색 달개빌 봅니다.

달개비란 풀꽃은 지극히 섬세하여 자칫 날이 흐릴라치면 밥풀 같은 망울을 달아버리니 샐비어 쪽으로 시선을 옮겨봅니다.

아궁이에 날리는 불티 같은 샐비어.

그것을 매만지다 문득 지금쯤은 바람 부는 산야에 헝클어져 있을 구절초 생각을 하지요.

무덤 위에 떠 있을 구절초.

누이야 가을이 오는 길목 구절초 매디매디 나부끼는 사랑아
내 고장 부소산 기슭에 지천으로 피는 사랑아
뿌리를 대려서 약으로 먹던 기억
여학생이 부르면 마아가렛
여름 모자 차양이 숨었는 꽃.
단춧구멍에 꽂아도 머리핀에 대신 꽂아도 좋을 사랑아
여우가 우는 추분秋分, 도깨비불이 스러진 자리에 피는 사랑아
누이야 가을이 오는 길목 구절초 매디매디 하늘 비친 사랑아

나의 사랑이랬자 풀밭을 스치는 구름 그림자보다도 엷고 엷은 추억이지만.

벗이여

어쩌면 당신은 하나의 꿈에다 전 생애를 걸고, 어느 낯선 곳에서 황금의 시간을 조립하고 있을 벗이여, 새장 속의 새마냥.

미지의 벗이여.

가을은 대추, 먹감, 구절초의 계절인 동시에 또한 순례의 계절.

오시오, 잠 이루지 못하는 날, 가을 순례길에.

순례란 비단 성지나 영장靈場만을 찾는 그런 것이 아니라면 철따라 잡초 우거진 심산유곡의 암자를 찾는 것도 순례라면 순례.

울새 데불고 오시오.

가슴이 올리브빛인 울새, 때론 짐 벗은 망아지인 양 우는 울새.

늘상 당신이 아껴 되풀이 읽는 믿음을 잃어버린 오늘의 세대에게 가장 믿기 힘든 일을 가장 열렬히 믿어주기를 바라는 당신의 애독서 『하늘의 박꽃』. 그것도 당분간은 버리고 울새만 데불고 오시오.

그리하여 당신과 나는 허름한 밀짚모자나 하나씩 눌러쓰고 인적 없는 기점에서 훌훌 떠납시다.

뿔피리 대신 휘파람이나 날리며.

갑시다, 천릿길. 발목에 황토물이 배도록.

한없이 가다가 하루는, 가시나무에 찔려 그림자로 어른거리다가 구름과 맞닿은 산협에서 낙엽 지는 소리를 들읍시다.

비 오듯 낙엽 지는 소리. 낙엽에 쌓이는 산비둘기 노래도 듣지요. 눈물겹게, 해 지도록.

어둠에 묻힌 이정표를 더듬어 희뿌연 안개 속, 암자를 찾을 양이면 주저 말고 아슴한 돌층계에 해진 구두끈을 풉시다. 앞에 간 사람도 그다지 멀리는 가지 못할 터이니.

벗이여, 고즈넉한 암자, 청석青石 돌층계에 앉으면 이끼 낀 바위틈에 샘물처럼 괴는 벌레 소리.

밤마다 마루 밑에서 우는 시정市井의 벌레 소리도 스물일곱인가에 스스로 목숨을 끊은 천재 시인의 고독도 섞인 벌레 소리.

그 천년의 피맺힌 벌레 소리에, 벗이여, 흙부처가 됩시다.

새삼 아무렇게나 행복했던 지난날을 뉘우칩시다.

함초롬히 젖은 가을 벗이여.

들녘에 참새는 떼 지어 멍석처럼 날고 있더이다.

호박꽃 물든 노을
—추억 속의 외갓집 여름 풍경

앵두꽃 피면 앵두바람에
살구꽃 피면 살구바람에
으스스 살추위 보리추위에
행여 고뿔 들릴세라
가는 목에 둘러주던
외할머니 목수건

외할머니 목수건 한 올의 추억. 불면 꺼질 듯한 한 올의 추억. 추억을 더듬으면 어메는 무슨 일로 어린 나를 등에 업고 밤길에 서 있다. 허둥지둥 어디론가 쫓기듯 가고 있다. 널따란 벌판, 땅속에서 들리는 듯 뜸북 뜸북 뜸부기 울음, 뜸부기 울음에 밤은 항아리 속처럼 깊어만 가고 나는 항아리 속 같은 고요에 눌려 어메야 어딜 간, 어딜 간, 어메야 어메야 어메야…… 골백번 물어도 그때 어멘 딴사람, 그때 어메는 화가 나 있었을까 아니면 어딘가 몸이라도 불편했을까. 그때 어메는 딴사람, 영 말없이 쫓기듯 길만 재촉하고 달도 없는데 어둠 속에서도 유난히 빛나던 어메의 비녀, 벼 포기를 스치는 반딧불 행렬.

반딧불 행렬이 기인 회다리를 건너는 동안 어느덧 나는 잠이 들고 이튿날 잠을 깨니 뜻밖에도 외갓집 대청마루. 외할머니 타다주는 꿀물인데도 나는 놀란 토끼 눈이었으리라. 어메는 무남독녀, 나는 아베의 만득자晩得子여서 외할머니 언제나 염불 외듯 하시던 우리 아가 몸에서 향기나게 하소서, 우리 아가 몸에서 향기나게 하소서.

외갓집에는 총총 뽕나무도 많았다. 내가 좀 커서 외가엘 가면 오디를 찾는 것으로 일과를 삼았다. 오디는 잎에 가려 지천으로 있었다. 세상의 어느 구슬이 오딧빛처럼 고우랴! 하늘 속 높은 뽕나무에 올라 오디를 따면 올망졸망 모여들던 동네 계집애들. 머리가 흡사 마늘쪽 같은 갈래머리 계집애들. 순식간에 입술은 오딧빛 물들고 그 머리가 마늘쪽 같은 동네 계집애들은 소월의 시구처럼 지금은 어느 집 가문에 시집가서 늙는가. 외가에 가면 외할머니, 조석으로 베 헝겊에 짜주던 익모초 맛, 익모초는 밤이슬에 젖어야 제맛이 난다고 외할머니 장광에 널던 익모초 단. 울안을 덮은 이끼 낀 감나무, 푸른 감이 살찌는 여름, 토담의 호박꽃에 구름처럼 모여들던 벌떼, 그 잉잉 소리. 오동나무 잎에 숨어 원목을 켜는 듯한 매미 울음소리, 골무만한 참매미 울음. 냇가에 희살 짓던 버들붕어, 피라미떼. 버들붕어 피라미떼 따라 내가 쫓던 밀잠자리 말잠자리. 여름날에 흩어지던 나의 꿈 조각. 두엄

이 내다뵈는 앞마당에 멍석을 깔고 늦은 저녁상을 받으면 모깃불 연기 속에 뜨던 당산의 개밥별. 어찌 잊으랴, 이슥하여 옥수수 찌는 냄새, 어둠에 번지던 달맞이꽃 합창. 울타리 밖 분꽃의 미소.

울타리 밖에도 천연히 화초를 심는 마을이었다. 오래오래 호박꽃 물든 노을 부신 마을이었다. 외갓집은 가죽나무 꼭대기에 있었다.

반쯤 둠벙에 묻힌 듯한 마을. 소나기 삼형제가 지난 뒤 목화밭에 흰 무지개 뜨는 마을이었다.

한 달 남짓 지루한 장마 끝 굽이치는 강물에 예쁜 처녀 고무신 떠내려간 마을이었다.

선비 기질의 풍류 음식

청풍명월의 선비 기질

종종 세인들이 충청인을 가리켜 청풍이니 명월이니 하는데 이것은 아마도 솔직담백한 선비 기질을 두고 하는 말일 것이다.

이 청풍명월의 선비 기질이 이른바 이 고장 미각에도 들어 있지 않나 한다.

내 어릴 적 아버지는 찌는 듯한 삼복더위이면 으레 꿀물 대신 손끝이 시린 우물물에 진간장 몇 방울을 풀어 드시곤 했는데 이 합죽선 옆에 놓인 한 사발의 여름 속 간장물은 의젓하고 꼿꼿한 선비 기질과도 일맥상통하는 점이 있지 않을까 한다. 그렇기에 대부분의 내륙지방에서는 동물성이 아닌 순 식물성을 바탕으로 한 재래의 밑반찬이 어느 곳 못지않게 풍부하며, 감칠맛도 있다.

외진 시골일수록 장독대는 번지르르 윤기가 흐르고 밑반찬의 종류도 많다. 그중에서도 더덕을 캐서 껍질을 벗겨 물에 담가 우린 더덕장아찌를 살짝 숯불에 구워 내놓는 솜씨야말로 풍취랄까.

젓갈류의 밑반찬으론 서해안 일대의 그것들이 입맛을 돋운다.

서산의 어리굴젓은 미각의 총아로 방방곡곡 모르는 사람이 없지만 이 젓은 서산군 부석면 간월도에서 나오기 때문에 일명 간월도 어리굴젓으로 불린다. 넓은 펄 땅에 산재한 돌에서 따내는 것으로 알맹이가 아주 잘아 젓을 담을 때는 소금을 뿌리지 않고 가는 고춧가루에 비빈 다음 소금으로 간을 맞춘다. 혀끝에 짜릿짜릿한 자극성을 주는 이 젓은 간을 칠 때 절대로 해수를 써서는 안 된다.

간월도에 가면 간월암이란 암자가 있는데 이 암자는 무학대사가 세웠다 한다. 간월암에 얽힌 전설을 소개하고자 한다.

고려 말엽에 죄를 지은 남편을 대신하여 포리捕吏에 끌려가는 한 아낙이 있었다. 피치 못할 사정에 서울로 압송되어가는 아낙은 생후 삼 개월도 못 되는 아기를 무학돌이란 바위 아래 버리고 가야 했다. 이 눈물겨운 처지가 참작이 되었던지 아낙은 곧 풀려나 고향의 무학돌을 찾으니 이미 죽었으리라 생각했던 아기는 천만뜻밖에도 뭇 학의 무리 속에서 태평스럽게 놀고 있지를 않는가! 기쁨에 넘친 아낙은 아기를 얼싸안고 집으로 돌아와 이름을 무학이라 지었다. 이 무학이 대성하여 후일의 무학대사가 됐다 한다.

한 푼 두 푼 돈나물
쑥쑥 뽑아 나싱개
이 개 저 개 지칭개
잡아 뜯어 꽃다지
오용조용 말매물
휘휘 둘러 물레둥이
길에 가면 질겡이
골에 가면 고사리

이상은 공주 지방에 전해오는 나물 노래이지만 철따라 나오는 채소며 산나물은 이 고장에도 무진무궁하여 싱싱한 것을 철따라 억세게도 먹는다.

생채론 달싹한 무생채보다는 씁쓸한 도라지생채가 이 고장 사람들의 구미에 맞는달까. 가늘게 찢은 도라지를 물에 담갔다가 소금으로 주물러 빤 것을 꼭 짜서 고추장에 무치면 코에 스미는 야취野趣. 도라지는 꽃마저 청초해서 좋다. 언젠가 내가 먹은 계룡산 아래 신도안의 콩나물생채(하얀 줄기만 사용함)는 이채로웠다.

칠갑산의 고사리

흔히 말하는 나물은 어느 가정에서나 물리는 법 없이 즐기는데 이 고장에서는 칠갑산 99곡의 고사리나물을 제일로 친다.

청양군 정산면 칠갑산의 고사리는 대전 근교의 식장산에서 나오는 그것과 비할 수 없을 만큼 줄거리가 가늘어서 일단 햇볕에 말렸다 삶으면 흡사 버섯 맛과 같다.

칠갑산 정기를 탄 예산 지방에는 고사리 노래마저 전해온다.

고사리 고사리 요못살 고사리
너를 꺾으려 여기 왔든
님을 만나려 여기 왔지
일락서산에 지는 해는
님 아니 오는 분풀이로
애꾸진 고사리만
목을 배트러 꺾는다네

밭두덩 가나 아무데나 밀생密生하는 참비름은 일종의 잡초인데 이 잡초나물이 여름 한때는 고장 미식가들에 환영을 받는 까닭은 알 듯하다.

늦가을, 지붕에서 내린 박을 타서 씨를 바르고 살짝 데친 뒤 초장에 무쳐 먹던 시큼한 박나물의 추억을 어찌 잊으랴.

튀각 역시 이 고장 사람들이 고루 찾는 기호품이요, 부각은 김이나 가죽나무 새잎이나 깻잎에 찹쌀을 발라 말려두고 기름에 튀기는 법인데 동학사에서 먹은 산동백잎 부각은 이름이 예뻐서 인상적이었다.

뱅어포와 도돈김과 게장

대체로 기름지고 진한 것보다는 엳고 슴슴한 편인 충청인의 식성에는 자주 마른 찬이 상에 오르기 마련이다. 마른 찬에는 약포, 어포, 어란 등이 있겠으나 서산의 뱅어포는 자랑할 만하다.

뱅어는 그 생김새가 유리알처럼 투명하고 실처럼 가늘어서 실치라고도 한다. 이른봄 입맛이 없고 뭣인가 새롭고 산뜻한 것이 구미를 당길 때 계란을 풀어 국으로 끓여먹어도 훌륭하다. 그런데도 뱅어는 뱅어포라야 더욱 자랑스럽달까.

충남 명물의 하나인 서산 뱅어는 서해안인 서산군 대소면과 팔봉면 앞바다에서 주로 잡힌다. 실치는 잡는 것이 아니라 김을 뜨듯이 떠올리는 것이란다. 반드시 밤에만 작업을 한다니 잔물결 위에 달빛을 가르며 가는 황포 돛대가 보이는 듯하다. 서산 뱅어포는 고추장에 발라 불에 구워먹어야 제맛이 난다. 한가한 때에 입가심으로도 좋다. 요즈음 시장에 나도는 노리끼한 굵은 뱅어포는 모르긴 하지만 타지방의 소산일 것이다. 이 지방의 뱅어는 어디까지나 청포묵처럼 투명하다.

한진의 민어알도 이름이 있다. 한진은 당진군 송악면에 있는 인천 내왕의 조그만 항구이다. 『상록수』의 작자인 심훈 선생이 일시 낙향하여 계시던 오곡리의 필경사와는 지호지간指呼之間에 있다.

뭍에서 최고의 맛은 소 발톱 요리요, 바다에서의 최고의 맛은 마른 민어알이라고까지 칭송이 자자한 마른 민어알. 얇은 허물을 벗기고 참기름에 발라 고추장에 찍어 먹으면 어분이 전신에 배는 듯하다. 진객珍客의 접대용으로도 안성맞춤이다.

서울에서 "도돔김! 도돔김!" 하고 상인들이 목청을 높이는 도돈김의 산지는 이곳 서천군 서면 도둔만이다. 기름을 바르지 않아도 불에 구우면 저절로 기름기가 조르르 흐른다.

눈 오는 날, 하염없이 잔을 기울이며 씹는 이의 도돈김은 안주가 아니라 숫제 충남인의 멋인 것이다. 한 장의 김에 계란 한 개의 영양가가 들어 있다는데 이것은 아마 충남의 도돈김을 두고 하는 말일 것이다.

게가 나온다 잇밥 하여라
거랑방이 온다 조밥 하여라

구성진 청양 지방의 게요謠다. 이러한 풍요風謠도 있듯이 고장의 미각에 이바지하는 논게의 역할을 빠뜨릴 수 없겠다.

작금, 대전 시내의 한식 식당에서는 게백반이라 하여 바닷게장을 내놓고 있는데 일찍이 이 고장에서는 바닷게보다는 논게를 높이 평가했었다. 그것은 논산군 노성에서 나오는 노성게의 명성 때문일 것이다.

노성게는 논에서 나오는 게인데도 그 윤곽이 크고 마치 옥천 날맹이(노란 솜을 업은 듯한 옥천의 산날맹이라는 뜻) 같다는 표현 그대로 알이 등허리 밖에 솟아 있다. 흙냄새가 전연 나지 않는 진품珍品

이다.

아득히 남원의 이도령이 과거길에 올라 이 고장 상월재를 넘다가 이 게맛에 반해 하룻밤을 묵었다는 야화野話가 있다.

근년에 와서는 논에 화학비료를 쓰는데다 농약까지도 마구 뿌려서 이것들이 서식처를 잃고 겨우 옥녀봉 아래 강변에서 양식해내므로 그 명맥은 유지되고 있다.

그래도 이 고장에 논게의 종류는 많아 노성게 아니고도 살이 찌고 알도 적당히 든 것을 골라 5, 6월이면 아낙네들이 게장 담그기에 바쁘다.

우선 크기에서 그렇고 풍채에 있어서도 기상이 늠름한 바닷게는 보령군 대천 어항 근처에서 많이 잡힌다. 위에서 말한 시내 한식 식당에서 쓰여지는 꽃게가 대천산인지 어쩐지는 모르겠으나 이 꽃게는 잡히자마자 얼음 상자에 채워져 외화 획득을 위해 외국 배를 탄다고 한다.

향긋한 몽산포 도미찜

채소건 육류건 제각기 구미에 맞는 것으로 재료를 삼고 거기에 육수를 부어 즉석에서 우리들의 전 미각을 동원하여 끓여 먹는 전골냄비의 별미는 각 지방마다 다를 바 없겠으나 엷고 삿박한 것을 좋아하는 충남인의 구미는 갈비찜보다는 차라리 생선찜을 고른다.

생선찜으로는 특산품인 서산군 남면 몽산포에서 나오는 도미의 맛이 신선하다. 이 붉은 도미는 바닷속 모래밭 해초 사이에 서식하는 탓인지 찜을 해놓으면 맛이 오히려 향긋하다.

풍류 충남에 몇 가지 명주가 없을까보냐. 진달래 꽃잎을 넣어 빚는 당진군 면천면의 면천 두견주. 이제는 유명을 달리한 시인 신석초 선생의 향리인 서천군 한산면의 한산 소곡주도 이 고장의 명주銘酒라 할 것이다.

두견杜鵑! 참으로 멋들어진 낱말이다. 소쩍새와 진달래의 이중 효과를 동시에 나타내는 복합 어휘로서의 그 두견주. 한산 소곡주는 찹쌀로 빚는 양조주로서 술독을 땅속에 백 일 동안 묻었다 비로소 뚜껑을 연다 하여 백일주라고도 한다. 누르스름한 호박빛인 이 술은 하도 끈기가 많아 마시면 입술에 척척 들러붙는다.

인삼의 고장, 금산의 인삼주도 충남의 명주이다. 사 년 근의 갓 캐낸 인삼을 물에 깨끗이 씻은 다음 소주병에 재운 후 이삼 년을 고이 땅속에 묻어 말끔히 자양분을 우려낸다. 술을 못하는 가정의 찻장 속에서도 자주 인삼주 병을 발견하곤 하는데 모름지기 이 술이 보약이기 때문이리라.

내가 마신 이 고장의 술 중에서는 지금은 이주한 논산군 부여의 김씨 댁 가용주家用酒가 잊혀지지 않는다. 환소주 즉 소주를 다시 고운 술에 매실을 넣어 묵힌 약소주인데 빛깔이며 향기는 말할 것도 없고 전신을 휩싸는 훈훈함이란 미각 운운을 떠나서 오직 희열 그것이었다.

한국인의 일반적 미각이란 뭣일까.

김치가 한국인의 필연적인 미각이라면 필연적은 아니지만 충남의 삼삼한 짓잎 김치와 고들빼기김치는 확실히 독특하다.

삼삼한 짓잎 김치와 고들빼기

지금도 충청도의 산골 동리에 가면 노인네들이 짓잎 김치를 정성스레 담근다. 동치미를 담그고 난 무 이파리를 골라 아무런 양념도 없이 순 소금으로만 간을 맞추어 김칫독 움 속에 넣어두었다가 겨울밤 떡시루를 에워싸고 마시는 짓잎 김치의 시원함. 흔히 마시는 인공 청량음료수와는 천양지판이다. 이파리는 쫑쫑 썰어 밤참에 비벼 먹어도 풍미요, 지금처럼 약이 흔하지 않던 시절엔 불머리의 특효약이기도 했다. 고들빼기란 우리나라와 만주 지방에서만 나는 잎이 씀바귀보다 조금 넓은 야생초이다. 깊은 산에나 평야 지대에는 거의 없고 밋밋한 야산에 많이 난다.

이것을 뿌리째 캐서 깨끗이 씻은 뒤 다시 물에 담가 돌을 지둘러 우린 다음 총각김치 담그듯이 갖은 양념에 고춧가루를 진하게 버무려 항아리에 차곡차곡 재웠다가 찬밥에 곁들여 먹는 그 맛이란……

충남의 대표적 과일은 무엇일까. 말할 것도 없이 호두와 대추이다. 호두와 대추는 관혼상제는 물론 우리들의 미각과 시각을 위해서도 긴요한 과일이다. 도내의 천원군 광덕면과 공주군의 정안면 일대의 단지에서 나오는 호두는 그 판매망이 전국에 퍼져 있을뿐더러 광덕면에서는 호두 관리 하나만을 위해 농업협동조합까지 두고 있다. 논산군 양촌면, 가야곡면 일대는 국내의 유수한 대추골이어서 가을철이면 각지의 대추 상인들이 구름처럼 모여든다. 인접인 연산은 대추의 집산지이다.

최근엔 예산 지방의 사과가 널리 각광을 받기 시작했다. 대구 사과가 점차 사양길에 오름에 따라 이 고장의 사과는 두각을 나타내기 시작했달까. 태깔이 고운 이 고장의 미각원으로 대덕군의 포도, 연기군의 복숭아, 성환·부여의 참외, 유성의 이십세기 등등 넘치고 넘친다. 도내 일원에 걸쳐 어디나 무성한 모과는 충남 과실의 애교라 하겠다. 차를 대려도 좋고 약재로서도 쓰인다.

미각의 본산 금강 유역

뭐니 뭐니 해도 충남 미각의 본산은 금강 유역에 있겠다. 금강은 서해에 가까워지면서 공주 땅에서 한 번, 부여 땅에서 다시 한 번 세차게 굽이쳐 강경을 둘러 군산 바다에 빠지는 장강長江이다. 공주, 부여를 잇는 백제 문화권이 이토록 금강 줄기를 배경으로 이루어졌을 만큼 충남 미각의 본적은 이 젖줄기에서 찾을 수밖에 없겠다.

고기떼들은 사계를 가리지 않고 비단 물결에 뛰논다. 어루만질 듯 부드러운 능선이 비치는 이름 없는 나루터에서 일 년 내 뛴다.

봄에 부여를 찾는 나그네는 먼저 우여회를 맛보리라. 우여는 잔가

시가 많아서 성가시지만 그것도 일단 회를 쳐놓으면 흐물흐물 녹아서 입안에선 아지랑이다. 우여는 횟감으로도 일품이지만 보글보글 지져 상추쌈에 얹어 먹어도 꿀맛이다.

아산만의 숭어회도 자랑스럽다. 보리 이삭이 필 무렵, 만선이 닿은 부둣가에서 알지게로 져 나르는 숭어는 한 마리 회를 쳐도 열 명쯤은 먹고도 남는다. 속뜨물을 받아두었다가 끓인 조갯국은 대개 간을 소금이나 맑은 간장으로 맞추는데 이 뜨거운 조갯국이 또 슴슴하고 산뜻하여 주객酒客뿐만 아니라 아녀자들도 훌훌 즐겨 마신다. 여름 동안 조갯국을 먹으면 몸에 조갯살이 오른다.

소슬바람이 불기 시작하면 백마강 건너 규암장에 가물치銅魚가 나온다. 진한 가물치탕은 농사일에 시달린 이 고장 주민들에게 큰 보補가 되리라. 탕 얘기가 나왔으니 말이지 도내에는 곳곳에 이름난 탕집이 많다. 최근엔 강경에 있는 황산나루터의 메기탕 맛이 사람들의 입에 오르는가 하면 대전에 있는 한밭식당의 설렁탕은 성업이어서 서울까지 지점을 내고 있다. 서천군 장항읍에 있는 대구집의 대구탕 투가리도 유명하며 당진군 송악면 한진항구에서 잡히는 농어의 기름이 동동 뜨는 농어탕의 진가는 아는 사람만이 안다.

공주 청벽의 푸른 잉어

예부터 보약재로도 쓰이는 잉어는 신기하게도 금강의 상하류를 통하여 어디서나 잡힌다. 얼마 동안 내가 고란사의 선방에서 기거하고 있을 때 조룡대 밑에서 뛰던 잉어!

고사에 『효행록孝行錄』을 보면 왕상王祥의 모친이 중병에 걸려 잉어를 먹고 싶다 하므로 때마침 겨울이라 강은 얼음에 덮여 도저히 구할 수 없는 처지인데 원래가 출천지효出天之孝인 왕상이 하늘을 우러러 호곡하니 지성이면 감천이었음인지 스스로 얼음을 깨고 강 위에 뛰어올랐다는 영묘한 잉어. 일엽편주에 연기 같은 강줄기를 타고 오르내리는 강태공들의 어화漁火는 더한층 금강의 야경을 흥겹게 한다.

금강의 잉어 중의 잉어는 공주군 반포면 청벽에서 나오는 푸른 잉어일까.

이 잉어의 특색은 허리가 푸른 물빛에다 하복부가 눈처럼 희다. 어찌된 셈인지 같은 금강에서 나오는 잉어인데도 그곳에서 몇 리 안 떨어진 동군同郡의 산성공원만 내려와도 잉어의 빛은 검다. 잉어는 푸르고 물도 푸르고 근방의 숲도 푸르다 하여 이 지방을 청벽靑壁이라 부른다 하니 참으로 지명치고는 걸작이다. 청벽의 잉어회도 금강 미각의 백미이다.

강바람에 머리카락 날리며 한 번이라도 청벽의 잉어회를 맛본 사람이면 솔바람 속에 삼현육각은 안 들려와도 찬란했던 백제의 옛 꿈에 도취하리라.

어찌 백제의 후손인 충남인의 섬세한 미각이 청벽의 잉어회에서 그치랴.

저 연산의 황계黃鷄는 오랜 역사를 가지고 있다. 지금의 연산 지방인 황산벌에서 후백제는 왕건의 군사와 겨루어 망했으니 이때부터 연산의 황계는 진상 품목에 들었다 한다. 천하에 기구한 운명의 닭도 보겠다. 허기사 만리장성을 쌓은 진시황이 만수를 누리기 위해 동방으로 삼천 동자를 보내고 한 것이 금은보화가 아닌 기껏 불로초를 구하기 위해서였음에랴.

전국 한약방에서 약재로도 귀하게 다루는 연산의 황계는 몸집이 그다지 크지는 않으나 살이 토실토실 쪄서 버릴 데란 한 군데도 없는 최상품이다. 그 희귀한 맛이 널리 중국에까지 알려진 황계의 먹이는 쌀이 아닌 순전히 보리쌀이다. 선비들이 많이 묻혀 산다 하여 이 황산벌을 연산금사連山金舍라고까지 별칭했는데 이들 선비들의 미각이야말로 수준 이상의 수준이었으리. 실지로 이 지방의 음식치레는 현재도 대단하다.

위에 든 몇 가지 예를 보고 충남의 음식이 단순하고 소박하다고만 속단해서는 결코 안 되겠다.

마늘, 파, 미나리, 실고추, 버섯, 잣, 밤, 대추 등의 여러 가지 고명 단지만 보더라도 설탕, 꿀, 고추, 깨소금, 소금, 기름, 후추 등의 여러 가지 양념 단지만 보더라도 결코 충남인의 미각은 타지방의 어느 곳에 비하여도 그 손색은 없다.

한국 특유의 고전적인 음식이라 할 수 있는 화려한 신선로가 이 고장에 없는 바 아니요, 홍성 지방의 구절판은 너무도 유명하다.

이 고장에는 조석으로 차리는 상에도 일정한 법도가 있어 김치, 고추장, 간장은 상식적으로 오르는 식단이요, 마치 상대성원리처럼 나물이 오르면 젓갈이 따르고 육류가 없을 땐 생선전이 반드시 오른다. 짜고 맵고 싱거운 것을 골고루 갖추기 위해 오늘도 주부들은 온갖 정성을 다한다.

눈물을 아껴야지
—상호 데생, 최원규

이 글을 쓰려고 가만히 생각해보니 그와는 이렇다 할 극적 사건은 없었던 것 같다. 아주 그렇게 깊지는 않으나 그렇게 얕지도 않은 우정의 이십 년이 소중하다면 소중하랴.

사귄 지 얼마 안 되어 초대를 받아 그의 고향인 공주에 간 일이 있다. 그날, 그 고가의 뒤뜰에서 씹던 풋감 맛도 지닌 그는 담뿍 소박한 시골 친구지만 아무래도 그를 한참 동안 바라보고 있노라면 문득 공자라는 어휘가 떠오르곤 한다. 오만한…… 안경 속에서 빛나는 이 오만성이 승화되어 오늘까지도 시를 쓰는 것일까.

그의 문단 데뷔 무렵의 애절한 고백을 들은 일이 있다. 해를 두고 아무리 투고를 거듭했어도 다달이 나오는 문학지에는 그의 이름이 빠지더라는 것이다. 이번 호에는, 이번 호만큼은 하고 빌다시피 보낸 원고가 행방도 없으니 얼마나 애통한 노릇였으랴. 더구나 같이 수업하던 이웃들은 죽순처럼 착착 등단이 되는데 기가 막혀 눈을 감고 서점 앞을 지나야 했고, 숫제 책 사기까지도 얼마 동안은 포기했었다고 한다. 결국 신인 당선의 영예는 하루아침에 밀려닥치고 그는 취했다지만.

언제나 어디서나 무슨 일에도 유유자적한 친구로만 알았던 나는 이 데뷔 시절의 슬프도록 아픈 고백을 듣고 소스라치게 놀랐었다.

책 사기까지도 포기하면서 시쓰기에만 몰두했던 그의 오기를 단순히 집념으로 돌릴 것인가. 최형만큼 시에 대한 경건한 친구도 드물 것이다.

*

첫 시집 『금채적』에 이어 『겨울 가곡』 『순간의 여울』로써 그는 이미 시단에 당당한 위치를 차지하고 있지만 7월 안에 또 제4시집이 나오리라고 한다.

*

이십대의 최형에게서는 소독제 냄새가 났었다. 구수한 숭늉만을 갈구하던 나로서는 아닌 게 아니라 소독제 냄새 풍기는 그가 약간은 불만스러웠다.

*

이제 마흔 고개 넘어선 그의 심저心底에서 가끔 향긋한 연꽃 바탕의 만다라를 느끼는 이유는 무엇인가.

얼마 전 그는 어느 자리에서 '모오두, 누구에게나 웃음을 주고 싶다' 하고 공언한 바가 있다. 정말 그는 부처님의 만다라가 돼가는 것일까.

*

그도 이제는 더러 술잔을 들게 되었다. 엷지 않은 입술에. 어쩌다 흥에 겨우면 술을 뿌린다. 파초잎 같은 나에게도.

*

눈물이 흔한 나도 눈물만은 질색인 그를 위해 아껴야겠다.

물쑥

—박목월 선생님께[1)]

선생님.

선생님도 아시다시피 제가 있는 대전은 인구 오십만의 중간 도시에 지나지 않습니다만 크지도 않은 이 거리의 소음마저 싫어서 요즘도 자주 시골길을 소요합니다.

버스를 타면 반시간 정도의 거리에 얼마든지 시골이 있다는 것은 저에게 다행스런 일입니다.

그중에서도 가장 인상적인 곳이 유성 근교입니다.

유성 근처의 지세는 퍽 다양스러워 언제 걸어도 싫증이 나지 않습니다.

오밀조밀한 과수원이 많습니다. 복숭아밭, 포도밭, 배나무밭, 딸기밭, 수숫대 울타리에는 부리가 자둣빛인 멧새도 날아듭니다.

키만큼한 낭떠러지도 군데군데 있어 개천이 흐르고 부드러운 언덕

바지에는 이국풍의 빨간 지붕도 보입니다.

표주박 덩굴을 올린 담장. 닭장에 꿩을 기르는 집도 있고 비닐하우스 속에서 개구리도 웁니다.

밤나무를 끼고 솔밭을 넘어 돌다리를 따라가면 훤한 들판이고 계룡산이 보이는 곳에 갈림길이 있습니다. 봄이면 맨 먼저 여기에 산도화가 벙급니다. 그리고 뭣보다도 제일 많은 것이 까치집입니다. 심지어 까치집은 학교 운동장 안에까지 들어와 있고 온통 마을이 까치 동네 같습니다.

발밑에 나는 때까치— 이것 하나만으로도 이곳에 오는 보람은 있습니다.[2)]

선생님.

온천이 가까운 탓일까요.

여기 풍경은 진정 모두 뜨거운 열기를 뿜어내고 있습니다.

풍경 하나하나에 고향 장날의 징소리가 들어 있습니다.

하나하나의 풍경은 또 때에 따라 다채롭게 변모합니다. 어느 때는 마을 전체가 출렁이는 바다 같고 무덤 속 같고 어느 때는 골목길이 구름 같습니다.

거듭 말씀드립니다만 이 길은 올 때마다 새롭고 낯이 섭니다. 안개 자욱한 밤, 탱자나무 울타리에서 저는 길을 잃곤 합니다.

선생님.

그때가 생각이 납니다. 8·15 직후의 혼란기였습니다.

『청록집』이 세상에 나와 얼마 되지 않던 때로 기억합니다.

선생님은 대구에 계셨고 마침 동래 김소운 선생님이 달성공원에 필생의 사업으로 '상화시비'를 세우고자 대구에 머물고 계셨습니다.

하루 저녁은 선생님이 소운 선생님을 댁으로 모신 일이 있습니다. 저는 우연히 그 자리에 동석할 수 있었습니다.

그날 두 분 선생님의 의견은 참으로 팽팽하였습니다.

선생님은 향리를 떠나 서울로 가시겠다는 결의였고 소운 선생님은 '목월의 이미지'를 위해 시국이 시국인 만큼 떠나지 말라고 만류하며 계셨습니다. 그때는 그런 시절이었나봅니다. 8·15 해방 직후였으니까요.[3)]

"시골에 있으면 평생 시골 시인일 수밖에 없고……"

선생님의 이유였지요.

'시골에 있더라도 일 년에 몇 권의 책은 책임지고 출판해주겠다'는 것이 소운 선생님의 대안이었습니다. 선생님은 끝내 응하시지를 않았습니다. 그 자리는 마냥 진지하기만 하였습니다.

저는 그만 소운 선생님의 순수한 정과 선생님의 투지에 감동이 되어 자리를 비켜 몰래 울었습니다.

선생님.

며칠 전에 상경하였습니다. 신문회관에서 한국시인협회가 주관하는 '신춘 시화전'이 있더군요.

마지막날 오후였어요. 회장에서 뜻밖에도 옛날의 소운 선생님을 뵈었습니다.

소운 선생님은 선생님과 저의 얼굴을 번갈아 보시며 '목월은 전날

과 별로 변한 모습이 아닌데, 어렸던 용래가 먼저 걸늙었구나……'
감개무량해하셨습니다.

저는 그날 밤, 의식을 잃도록 취해 거리에서 통곡을 했다고 합니다.

소운 선생님의 말씀이 서운해서도 아니고 현재의 자신이 측은해서도 아닙니다. 어쩌면 가버린 이십여 년이 한꺼번에 몰려왔기 때문이었을까요.

선생님.

저는 어릴 때 오랑캐꽃 보랏빛을 좋아했습니다. 책갈피에 오랑캐꽃을 접어서 심심할 때는 골똘히 들여다보곤 하였습니다. 친구에게 오랑캐꽃을 넣은 편지도 띄웠습니다.

누이가 입는 옷 중에서도 엷은 보랏빛의 메린스 치마가 한결 산뜻해 보였고 학예회가 있는 가을, 넓은 강당에 내려뜨리던 현수막도 보랏빛.

그 무렵 우리들이 읽던 소년 잡지의 삽화에 나오던 소녀상도 보랏빛. 다케히사 유메지가 그리던 젖은 듯한 속눈썹은 잊을 수가 없습니다. 그것은 하염없는 그리움, 꿈이었습니다.

한때는 황토 빛깔을 그렸습니다. 일제 말기. 산다는 것이 무조건 권태로웠던 시절. 직장이 있는 도시가 싫어 저는 시골길만 걸었습니다. 목탄 자동차의 먼지.

사람이 셋만 모여도 말을 못하였습니다. 선 채로 증기처럼 증발하고 싶었습니다.

나뭇가지에 앉은 새가 부러웠고 이슬 머금고 피던 들꽃들의 황토가 한없이 부러웠습니다. 저는 잠바 차림이었습니다.

가도 가도 발목에 감기는 다정스럽던 빛깔. 호젓한 등성이 너머 고향에 묻히는 색깔이 그토록 좋았습니다. 황톳빛. 그것은 쓸쓸한 흥분.

어느덧 오랑캐꽃 보랏빛도 시들고 이제 황토 빛깔도 표백해버렸습니다.

선생님.

춘분이 지났어도 밤바람은 옷깃에 차갑습니다. 그래도 봄이 아니겠어요. 낮에는 자꾸 꽃밭을 들여다보게 됩니다. 흙을 밀고 올라오는 수선 뿌리가 뭣보다 사랑스럽습니다. 푸르름은 모여 머지않아 수국이 되고 라일락이 되고 은버들이 되고 하늘이 되겠지요.

만나면 항시 어른스럽지 못한 저를 선생님은 조용히 꾸짖습니다.

만나면 항시 콩깍지가 콩알을 비호하듯 그렇게 식솔을 보살피지 못하는 저를 선생님은 불안해하십니다.

지난해 선생님 댁에 들렀었습니다. 원고를 쓰시고 계셨습니다.

한여름을 원고 쓰시기에 선생님의 팔꿈치는 벌겋게 피 맺혀 있었습니다. 새삼 문단 로비에서 선생님께 무슨 말씀을 해야 하겠습니까.

선생님.

실로 저의 소원은 '물쑥'으로 크고 싶습니다. 오늘은 말고 내일은 학이라도 한 마리 키우고 싶습니다.

1) 이 글은 '문단 로비—초하엽신(初夏葉信)'이라는 제목의 문예지 기획으로 실린 편지 형식의 글이다.
2) "까치 말이 나왔으니 『약산목수(若山牧水) 전집』에 저자가 유성을 지나면서 지은 노래 가운데 까치가 우는 정경이 들어 있었습니다."를 삭제. '약산목수'는 일본 시인 와카야마 보쿠스이(若山牧水, 1885~1928)를 가리킨다.
3) "8·15 해방 직후였으니까요"를 추가.

노랑나비 한 마리 보았습니다
목월 선생님 산으로 가시던 날

꽃이 피겠죠
할미꽃도
용인 골짝
선생님도
굽어보시겠죠

선생님이 산으로 가시던 날
저도 선생님의 뒤를 따라
먼발치에서 산길을
가고 있었습니다
삶과 죽음의 엄숙함을
되삭이며 되삭이며

슬픔일랑 겨드랑이에 묻고
묵묵히 따라가고 있었습니다

목월 선생님
이 나라의 박꽃을
가장 사랑하시던
박꽃이듯
(흰 옷자락 아슴아슴
짧은 저녁답을)
말없이 울고 가신 목월 선생님

어처구니없는 슬픔일랑
겨드랑이에 묻고
바보인 양 산길을 가다가
문득 저는 보았습니다
한 마리 노랑나비를 보았습니다.
잔설의 여운도
채 가시지 않은
아직은 추운 삼월의 산중인데
어디서 날아왔나
철 이른 노랑나비 한 마리가
정말 우연히 뜻밖에도

공중에서 수직을 긋고 있습니다
화등잔만한 저의 눈은
어디까지나
나비의 향방을 좇았지요

목월 선생님
선생님 아름다운 시의 마음이
선생님의 아름다운 혼이
어느 사이 한 마리 노랑나비로
저렇게 공중에서
분주히 수직을 긋고 있는 것일까요

목월 선생님
선생님
정말이지 그날의
노랑나비 한 마리는
무슨 기적이었을까요
아니면 선생님에 대한
자연의
공경의 몸짓이었을까요

목월 선생님

선생님
이 나라의 박꽃을 가장 사랑하시던
박꽃이듯
(흰 옷자락 아슴아슴
짧은 저녁답을)
말없이 울다 가신 목월 선생님

선생님을 뵈온 지
어언 삼십여 성상星霜
나무이면
차라리 그늘을 드리울 만큼의
나무일 터인데
아직도 봉두난발
이 모양 이 꼴이고 보니
정작 영결식장에서는
온몸이
은사시나무 떨리듯 떨려와서
선생님 앞에
삼가 헌화조차도
못한 저올시다

목월 선생님

선생님
선생님이 산으로 가시던 날
저는 밤 호남선
막차를 타고 내려왔습니다
썰렁하기 그지없는
역사에 내리니
슬픔의 여분인 양
자욱이 보슬비는 오시고 있더군요

목월 선생님
선생님
선생님을 기리고 선생님을 아쉬워하는
사람이 어찌 저 혼자뿐이겠습니까만
저는 몇 날을 두고
아무것도
손에 잡히지 않아서요
몸만 떨고 있습니다

삼가 영결식장에서는
헌화조차도 못한
저이지만
선생님 목월 선생님

젊은 날의
저의 도표이셨던
젊은 날의
저의 순결이셨던
목월 선생님 선생님
오늘은 빈자의 한 등燈이듯
어줍잖은
한 편의 시를
선생님의 명복을 빌면서 올립니다
선생님 목월 선생님

헌시獻詩

울먹울먹 모래알은
부숴지기도 한다
부숴진 모래알은
눈물인양 짜다
눈물인양 짠
모래알로 빚은
선생님 해시계時計에
삼가 꽂는 한 송이 백합百合

1978년 4월 6일

술래의 봄 앞에서
—한 시인의 죽음 앞에

밤새 안녕하십니까란 일상 우리네가 주고받는 아침 인사이지만, 이 지극히도 평범한 한마디 인사말이 주는 의미가 그토록 뼈에 사무치는 날도 드물었다.

그날의 아픔은 어렴풋이 걸려온 장거리전화 한 통에서였다. 밑도 끝도 없는 이 전화는 천만뜻밖에도 젊은 벗 홍재가 밤새 세상을 떴다는 것이다. 왜, 어째서, 어떻게 하고 연거푸 다그치는 나의 물음에 상대는 넋을 잃고 있음인지 더는 말을 잇지 못하고 다만 청량리, 위생병원이라고만 되풀이할 뿐 전연 요령부득이었다.

전연 요령부득인 채 허둥지둥 달려가는 열차 안에서도 나는 무슨 착오이거나 오보이기를 바랐고 목숨, 목숨 하나만을 부지해주길 빌었건만, 홍재의 죽음은 엄연한 사실로서, 전갈의 말대로 청량리 밖 위생병원 담도 없는 시체실에 놓여 있었다. 아직은 꽃다운 젊음, 할일도 태산 같을 터인데 무엇이, 무엇이 이다지도 참혹한 짓을 했단 말인가. 이게 무슨 청천벽력이랴. 이게 무슨 날벼락이란 말인가. 어이없어, 하도 어처구니가 없어 나는 무연히 발등만 내려다보고 있는데, 홍재야, 너의 직장 동료는 차근차근 경위를 말해주더라. 홍재는 제 일도 아닌데(많지 않은 월급에서 가불을 해가며) 남의 축하 술을 사주고 나머지 호주머니를 털어 차비까지 주고 흥얼흥얼 돌아오는 밤길에, 아차 그만 이 미터 난간의 하수구에 실족사했노라고. 홍재야, 어쩌면 그날 밤에는 별도 하나 없었단 말인가. 그렇게 성급히 학의 추락을 하다니, 악마의 어둠이여. 신이 스스로 만든 어둠이지만 신께서도 스스로 소스라쳐 놀랐을 것이다. 홍재야, 어디까지나 평화로운 너의 귀로에 그렇게 엄청난 함정이 있었다니 참으로 무서운 일이다. 어쨌든 하룻밤, 하룻밤 새 훌훌히 떠나다니, 망발이지만 실로 너는 우리네가 항용 주고받는 한마디 아침 인사와는 멀리 그만 밤새 안녕하지 못하였구나.

그래도 그날은 너의 슬픈 소식을 듣고 평상시 너를 형제처럼 사랑하고 아끼던 어진 얼굴, 얼굴들은 옹기종기 모여, 이름뿐인 시체 보안소 뜰아래 이슥도록 눈물의 잔을 뿌렸구나. 초정 김상옥 선생은 숙연히 돌아가고, 너와의 정에 못 이겨 울먹울먹하는 박성룡 형 앞에서, 그만 비보를 듣고 수백 리 길을 단숨에 달려온 너의 동향 친구 김유신은 가슴 치며 통곡하고, 나는 원래의 노객이라 하여 여관에 들르고, 여관에 든 나는 비로소 소리 죽여 울었다.

돌이키면 홍재야, 너와 나는 연륜의 차이도 있고, 사귐 또한 그다지 긴 편은 못 되나 정만은 도리어 동기간처럼 짙어, 술이라면 청탁을 가리지 않고 사족을 못 쓰는 나의 건강을 염려하여 열흘이 멀다고 문안 전해주었고, 어쩌다 내가 서울이나 너의 고향 안성 윤범하의 과수원에라도 갈라치면 서에서 동에서 삐딱한 웃음 띠며, 무슨 의무나처럼 찾아주더니. 우연의 잘못으로 유년기에 허리를 다쳐 일찍이 피고름 삼천 사발을 마셨다는 너. 도시의 밑바닥에서 힘겨운 삶에 지칠 대로 지치면서도 시심만은 오히려 연꽃처럼 피어올라, 세상 모든 풍진을 작품으로 황토 맥질하던 너. 십 년을 각고하여 십 년의 고배 마시고 드디어 문단에 오른 너의 문학 의지. 골라서 애간장 녹이는 말만 하더니, 안성의 후예로서 청룡사의 남사당과 안성 장터 애기를 평생 쓸 시의 과업으로 삼는다더니.

이제 죽은 자는 말이 없고 봄은 다시 오는구나. 머지않아 사월이면 목련은 피고 지고 모란도 피겠다. 아, 이 눈부신 봄. 아름답고 슬픈 봄. 이 찬란한 날에 나는 다시 너의 애절한 유고시 「술래의 봄」을 읽으면서, 읽으면서 운다.

> 난장이가 되어 버린
> 가난한 서민들이
> 변두리로 변두리로 밀려와
> 숨바꼭질을 한다.
> 황량한 도시의 끝
> 붉은 산등성이에

그래도 흙냄새가 있고
봄기운 떠돌아
한시름 놓이는데
세상은 자꾸만 술을 먹인다.
뛰는 물가가 술을 먹이고
떠도는 풍문이 술을 먹인다.
그 눈물 많은 보릿고개는 없어졌어도
우리가 넘어야 할 고개는
더욱더 높고 높아
잡았다 놓치고 또 놓치는
꿈속의 술래잡기처럼
아지랑이 속에서 얼굴 잃는다.

아아, 어찌 잊으랴. 많은 친지와 함께, 그날 너를 너의 고향 산천 바라뵈는 마둔리에 묻어서도 묻고서도 차마 발이 떨어지지 않아 너의 생가를 찾은 일, 한밤을 지새우고 동트는 새벽 너의 들 속의 마을, 너의 집 고샅에 내리던 도라짓빛 박명을 어찌 잊으랴.

홍재야, 모름지기 꽃의 목숨은 짧았어도 괴로움만은 길었구나.

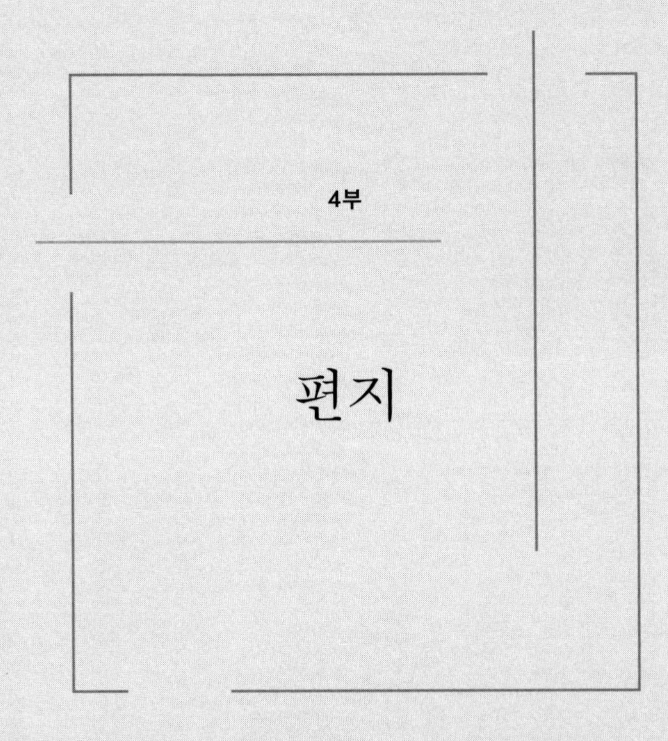

4부

편지

신석정

신석정 선생 연측硯側

새해 선생님 안녕하십니까
늦게 멀리서 세배 드립니다.
올해엔 더욱 큰 소원 이루십시오.

보내주신 시집 『대바람 소리』는 조석으로 읽고 있습니다.

시집 가운데 「입춘」 「호조일성好鳥一聲」 「추야장秋夜長 고조古調」 「대바람 소리」 등 일련의 작품이 주는 극치로 고담한 시정은 자칫 흩어지려는 저의 옷깃을 새삼 여미게 해주십니다. 어느 서양 철인哲人은 '늙음은 추함'이라 슬퍼했지만 노경老境에 접어들면서 오히려 더욱 청정하고 순백하신 선생님의 시경詩境은 동양인의 이상으로 느껴집니다. 특히 「대바람 소리」 안에 있는 '눈맞춤'의 시편은 몇 년 전 『사상계』에서 접했을 때부터 제가 오랫동안 사랑해온 작품였습니다.

실은 전주에 내려가 직접 선생님을 뵙고 인사를 드리고 싶어 벼르고 벼르다 이렇게 글로 늦어졌습니다. 용서하십시오.

선생님 정말 새해는 더욱 복 많이 받으십시오. 불비不備

대전 박용래 합장

박목월

박목월 선생님 귀하

지난해는 너무나도 격조하였습니다.

선생님 새해 안녕하십니까.

사모님께서도 안녕하십니까.

댁내 두루 안녕하십니까.

늘 심려해주시는 덕분으로 저도 그리고 아이들도 이렇다 사고 없이 지냅니다.

여기 졸작을 두 편 동봉했습니다.

「겨울밤」은 지난번 선생님께 뵈여드린 것인데 아직 발표가 안 되었습니다. 구작이기는 하나 제대로히 미련이 있습니다. 「작은 물소리」와 함께 『현대문학』지에 발표해주시면 더욱 생광生光이겠습니다.

내내 선생님의 건승을 빌겠습니다.

정월 5일

박용래 올림

겨울밤

박용래

잠 이루지 못하는 밤
고향故鄕집 마늘밭 눈은 쌓이리
잠 이루지 못하는 밤
고향故鄕집 추녀밑 달빛은 쌓이리
잠 이루지 못하는 밤
발목을 벗고 물을 건느는 먼 마을
고향故鄕집 마당귀 바람은 잠을 자리

작은 물소리

박용래

푸르른 달밤 풀벌레 울음 멎고
낮게낮게 흐르는 물소리
멀어졌다 가까워졌다 침상沈床 밑바닥을

환幻이 굴리는 회한悔恨의 작은 물소리
속삭이듯 흔들리어
이제는 귓속에까지 들어와 비틀거리는
아, 물소리 풀벌레 소리[1)]

1) 「겨울밤」과 「작은 물소리」는 시집 『싸락눈』에 처음 실렸는데, 편지에 쓰인 것과는 다소 차이가 있다. 박용래가 시집에 실을 때 수정한 것으로 보인다.

천상병

천상병 사형詞兄

재기再記의 깃발을 진심으로 축하드립니다.
새해에는 더욱 다복하소서.[1]

1972. 12.

천상병 인형仁兄

글월을 받고 가슴이 떨렸다오.
십오 년 우정이 긴 것 같으나 오히려 짧으오.
구자운 형은 가고 우리들 몇몇이 남았소.

형의 시집 『새』는 읽고 읽고 있소.

자운 형이 하도 서러워 「반 잔盞」이란 시 한 편을 현대문학사에 보냈다오. 『시문학』에나 발표될는지.

형의 김현승론도 보았다오.

시미전詩美展의 성과는 어떠하였는지.

영부인께 안부 말씀 전해주시오. 아직은 뵙지 못하였어도.

부디부디 건필하십시오.

1973년 1월 6일 박용래

1) 천상병 시인이 오 개월 동안 행방을 감춰 타계한 줄 알고 지인들이 유고시집 『새』를 내기도 했는데, 그후 시립병원에 무연고자로 입원해 있던 것이 발견되었다는 소식을 듣고 박용래가 기뻐서 그에게 보낸 안부 편지이다.

박재삼

박재삼 시백詩伯

그동안 안녕하신지요.

첫눈이 날리는 날, 시백이 보내주신 우정어린 시집 『어린것들 옆에서』를 읽었습니다. 그리고 살얼음 속에 혼자 감격하고 흥분하고 있습니다.

마냥 청운의 꿈만 좇던 일륜日輪에도 어느덧 연치年齒의 고운 때(자랑스럽게)는 묻어 이제 어버이로서 잠 못 드는 밤, 혹은 잠결에 부르는 자애의 노래—한편 생각하면 눈물겹기도 합니다.

시백의 물새 발자국 같은 사랑의 시편을 읽으며 새삼스레 자성한 것은 나의 지나온 도정에 있어 너무도 등한했던 너무도 인색했던 사랑의 사상입니다. 인인隣人에 대한 사랑의 열도熱度입니다.

오로지 삶을 시 예술에만 마치는 시백께 경의를 표하면서 내내 건필을 빕니다.

1976년 초추初秋 박용래

김후란

수신, 김후란[1)]

봄이 한창입니다

안녕하십니까.

둑 아래는 배꽃 사과꽃 복사꽃도 어울려 봄이 한창입니다.

새떼가 스치는 4월의 과수원을 보고 있노라면 이 몸 한 천년을 살고 싶습니다.

이번은 또 저에게까지 신작 합동 사화집詞華集을 보내주셔서 진심으로 감사합니다.

아름다움의 모임 청미青眉의 무궁한 발전을 빕니다.

동인 제위 부디 건승하소서.

언제 언제까지라도. 불비.

76년 부활절 박용래

1) 이 편지는 『한국문학』 1977년 2월호에 여러 문인들의 편지를 모은 기획의 일환으로 게재된 것이다. 첫 구절의 '봄이 한창입니다'는 잡지사에서 편집상 붙인 제목이다.

최종태

최종태 대인大仁

그간 안녕하신지요.

방금 『심상』 3월호에 실린 형의 글을 읽고 반가운 나머지 펜을 들었습니다.

구구절절 잠언 같은 문맥이 나를 사로잡는구료. 행간마다 물보라 치고 있습니다. 출렁이고 있군요.

결코 예술가의 눈이란 천사 아니면 악마의 그것 아니겠어요. 언뜻 이율배반적인 이 존재만이 모름지기 예술에 서는 구원의 길이 아닐는지? 일반적인 도덕률에서나 상식의 선을 넘어.

다만 (독자를 의식하지 않더래도) 아쉬운 것은 조각에 있어 형의 그 독특한 '눈'의 처리 과정을 좀 구체적으로 서술했더라면…… 하기야 그 비의를 함부로 공개할 수는 없는 노릇이겠지만요.

아무튼 '눈'의 특집에서 형의 글을 대하고 새삼 대전 시절의 형의 모습 그리워 한 자 적었습니다.

부디 좋은 작품 많이 발표하세요.

모처럼 푸르른 라일락 꽃망울을 때아닌 비바람이 모질게 치고 있습니다.

78년 3월

박용래

추신. 어부인께 안부 전합니다.

이종수

이종수 대인大仁

오전 열시경 찾아오는 우리집 참새. 오후 두시경 찾아오는 우리집 참새 소리를 듣고 있습니다. 때론 물방울 튀기듯 탄력도 있는 새소리를 감나무잎이 가득한 창가에서 듣고 있습니다. 며칠 전 대인이 권영우 형과 찾아와 잠시 쉬었다가 가셨다는 그 한 그루 감나무. 늦게 귀가하여보니 석양의 감나무 밑에는 빈 소주병 하나 우정의 여분인 양 뒹굴고 있더군요. 그날 제가 부재여서 몹시 섭섭하셨겠지요. 미안합니다. 모처럼의 외출에서 돌아오니 대인의 그림자는 기적汽笛을 타고 있었습니다.

77년 하夏

이종수 선생 귀하

가을이 감빛으로 물들고 있습니다.

그간 댁내 안녕하신지요.

객지에 있는 돈아豚兒[1]에게 무한한 격려 말씀 주셨다니 고맙기 한량없군요.

때때로 선생의 모습을 떠올립니다. 미의 사제로서 땀을 흘리고 있을 모습을. 그리고 어깨 나란히 걷던 동학사의 산길도.

일차 상경을 벼르고는 있습니다만 지금 같애서는 요원하고 혹시 선생께서 추석에 하향下鄕하시면 그땐 뵐 수 있을는지. 고대합니다. 불비

1977. 9. 15.

이종수 선생님

잔설의 여운이 일각대문에도 빗물받이 홈통에도 묻어 있습니다. 날이 풀린 뜰, 묵은 감나무에 날아온 참새. 참새 울음에도 잔설의 여운은 묻어 있습니다. 인형. 언젠가 형을 따라갔었던 계룡산 기슭의 '가마'에도 잔설의 여운은 묻어 있겠죠. 문득 형에게 잔설의 여운 같은 작품을 만들어주십사 염원하면서 일자一字 안부 전합니다. 총총

78년 3월

이종수 선생 옥안하玉案下

수수 이삭이 까맣게 익어가고 있습니다.

두루 안녕하신지요.

어떻게 지내셨습니까. 삼십 년 만이라는 더위에. 짓궂은 장마에.

소생은 동학사의 선경을 눈앞에 두고서도 선풍기 바람에만 매달려 백수의 탄식만 되풀이했지요.

—어느새 여무는 맨드라미 꽃판. 콩꼬투리에 고추짱아가 앉아 가을을 부르고 있습니다. 황금의 계절. 형이여. 부디 좋은 작품 많이 만드소서. 한결같이 돈아를 아껴주셔서 다만 고맙습니다. 돈수頓首

78년 처서 용래

이종수 선생 연측

(로마에서 띄우신 그림엽서, 그후에 받았습니다. 감사합니다.)

가을은 하룻밤 서리에 금이 가는 모양입니다. 뜰에 대추나무 잎도 모조리 졌구요.

오늘 신문지상을 보니 국립현대미술관 기획으로 한국 현대 도예전을 열고 있군요. 기라성 같은 도예가 중에 그리운 형의 얼굴도 보여 진정 기뻐하고 있습니다. 참으로 의의 깊은 전시장에 갈 수 없는 형편을 안타까워하며 우선 일자 축하 말씀 드립니다. 명기名器를 낳으세요. 어찌 현대 도예가 한결같이 고기古器만 못하겠어요. 총총

78년 11. 17.

1) 이종수는 1976년 3월부터 이화여대 미술대학 도예과 교수로 재직하였고, 박용래의 둘째 딸 박연은 1977년 이화여대 미술대학 서양화과에 입학하였다.

이문구

이문구 인형

봄빛은 해구海溝의 어디만큼 왔는지? 푸르름이 고이는 통파의 속살도 생각하며 계획한 대로 일일一日부터는 술잔을 대신 형의 서울에서의 세심한 우정도 되새기며 검은 약탕기만 들여다보고 있습니다. 내일을 향하여……

부디부디 자애하십시오.

73년, 입춘

박용래

그리운 문구 인형

낮은 아직 불볕인데 밤에는 창변에서 여치가 우는군요. 불볕에 달아오른 몸을 서늘히 식혀주는 한줄기 저 여치 소리.

문구 형.

그간이래도 별고 없으시겠지요.

이번달 『문학사상』에 발표하신 「월하초越夏抄」의 후반에서도 『세대』지에 쓰신 에세이에서도 형의 애향심은 슬프도록 두드러져 감격하고 있습니다.

요즘 나는 잔을 들기만 하면 방향감각을 잃고 우왕좌왕하기 때문에 걱정이지요. 요만한 건강도 건강할 때 건강에 유의해야겠는데. 할 수 없이 나중엔 형편없는 폐상廢像이 된다 하드래도 아직은 똑바로 앞을 보고 가야겠는데, 옷깃을 여미며 가야겠는데.

문구 형.

낯설고 물선 고장, 아무래도 불편한 점이 한두 가지가 아니겠지요만 문학의 길을 위해 끝까지 분투하소서.

남은 더위에 건강하소서.

여불비餘不備

77년 복중 박용래

이문구 인형 연측

주신 안서雁書는 반가웠습니다.

그간이래도 무고하시다니 다행 다행입니다.

더구나 이번에 득남까지 하셨다니 경사 경사올시다. 실은 얼마 전 『문예중앙』지 화보에 나온 인형의 정원에 널린 오밀조밀한 고추 멍석에서 갓난아기의 울음소리를 예감했었는데 용케도 나의 예감이 적중한 셈이군요. 경사 경사!

늦게나마 축하 축하합니다.

얼마나 예쁩니까. 눈에 넣어도 아프지 않을 만큼 예쁘겠지요. 감격은 서서히 왔겠지요.

산모께서도 건강하시다니 또 축하 축하!

햇빛이 쨍쨍한 날이면 아가를 안고 마당가를 거닐 인형의 모습도 떠올라 마냥 미소롭기만 하군.

머지않아 앵두꽃 살구꽃이, 민들레 엉겅퀴 꽃씨가 흩날릴 행정리. 아가는 눈에 초롱초롱한 꿈 많은 소년이 되겠지요. 경사 경사!

허나 지금은 한풍 한설. 허나 밖은 아무리 한풍 한설일지라도 만당滿堂에 웃음꽃 피우시라.

뵙지 못한 부인께 인사 말씀 전합니다. 부디부디 다복하시기를 빌며……

(마침 집에 이가림 시인이 놀러왔기에 인형의 소식을 전했습니다)

불비례不備禮

77년 동일冬日

박용래

이문구 인형

그간 안녕하신지요.

울타리의 호박 넝쿨은 걷었습니까. 박 넝쿨도. 창가의 마지막 잎새를 어떻게 보고 있습니까. 들새도 산새도 보금자리를 찾는 길목에 서서 형의 모습 그립니다. 키대로 서서 먼 들녘을 바라보고 있는 나목들이 외롭기만 한 날입니다. 부디 건승하소서.

77년 대설

박용래

이문구 대인 옥안하

멧새 몇 마리 봄눈을 털고 털고 있군요. 묵은 감나무 가지 위에서, 새해 소식 감사하옵고, 해도 하나 달도 하나이듯 이제 형께서는 일남일녀의 의연한 아버지가 되었으니 천복天福이 아니고 무엇이리오.

진주가 따로 있으리오, 초롱초롱한 어린이의 눈동자가 그것인걸. 네 개의 진주로 빛나고 있을 형의 집, 보리 필 무렵 하루는 물어물어

찾을 양 지금부터 설레이오.

건필을 빌며.

79년 2월 초

박용래

문구 인형

고향은 이제 보리빛, 밀보리빛 속에 감꽃이 피고 있군요. 오전 열 시, 라디오 속에서는 뻐꾸기가 울고.

격조하고 있습니다. 무척도 궁금하던 차 긴 글 주셔서 되풀이 읽고 있습니다.

실은 「쇠죽가마」는 『문학사상』에서 형을 주제로 한 시 한 편의 청탁였는데 경험이 없는 나로서는 너무도 막막하여 주저주저하다가 실지장 술을 마신 새벽, 일사천리로 쓴 것입니다. 부족하고 미흡한 점 양해 있으시길 바랍니다. 하찮은 한 편의 시고詩稿로써 하나의 인간을 표현한다는 것이 얼마나 무모한 일임을 알면서도 오직 긴긴 동안의 인연으로 어줍잖은 시편이나마 탈고했을 때의 기쁨을 형은 웃어주실는지?

보리 모개 팰 무렵 하루는 하롱하롱 행정 마슬 찾는다는 것이 어느덧 여름은 익어 보리 벨 때가 되었으니 다음 여름방학을 이용할 수밖에 없군요. 형도 아시다시피 아이들은 모두 학교에 가고 아내도 직장에 나가고 혼자 집을 지키는 처지오니 아무래도 방학을 기다릴 수밖에. 문구 형, 오는 여름방학에는 물어물어 오십 리, 형의 처소를 찾겠습니다.

문구 형,

때론 마주魔酒에 몸을 가누지 못하고 형의 이름 애타게 불러봅니다. 우정에 삽시다.

귀여운 아이들 여름 감기 들지 않도록 유의하시고 부인께도 안부 전하십시오.

좋은 글 많이 쓰세요.

여불비례

79년 맥추

박용래

이문구 인형 연측

바람이 불고 있습니다. 연사흘. 햇볕은 여전한데.

오랜만이군요. 그동안 가내 두루 안녕하십니까.

난 참으로 운수 나쁜 날, 우연한 춘사椿事로 근 구십여 일을 병원의 신세 졌다가 집에서 가료하다가 이제는 겨우 혼자서 사탑斜塔처럼 기우뚱거리며 화장실 출입은 합니다.

문득문득 형의 모습 그리워 바람 부는 날, 이렇게 펜을 들었습니다.

의무는 아니지만 언젠가는 꼭 한번 가야만 할 형의 고장, 행정 마슬을 오늘은 참기로 합니다. 다그치는 한파에 부디 건승하소서.

1980년 만추[1)]

청시사 용래

1) 이 편지 봉투에는 1980년 10월 31일 소인이 찍혀 있다. 박용래가 생전에 보낸 마지막 편지로 보인다.

오탁번

오탁번 사형

춘풍이 차가운 요즘, 귀체貴體 안녕하십니까.

『문학사상』 4월호의 '이달의 쟁점'에서 사형은 저에게 크나큰 관을 씌워주셨습니다.[1] 그것이 황금의 관이든 피어린 가시관이든 감수할 뿐입니다. 살짝 눈감아버릴 수도 있는 월평란의 글을 이렇게 못 잊어 함은 사형의 문맥이 너무도 감동적인 때문이겠지요. 시인은 무대 위의 주인공도 아니며 영화 속의 스타도 아니라는 것을, 또 그렇게 되어서도 안 된다는 것을 알면서도 알면서도.

저는 평소에 생각하고 있습니다. 시야말로 성직자 아니면 이름 없는 방랑자가 써야 한다고. 이 두 갈래의 길에서 제가 택한 것은 이름 없는 방랑자. 모름지기 그렇게 노력하고 있을 뿐입니다.

사형, 우리가 영원이란 이름의 한 가닥 줄타기놀음에 동승하고 있음은 무슨 인연이오이까.

축복을 주셔서 감사합니다. 저는 방금 슬프고도 기쁜 잔을 높이 들고 있습니다. 불비

76년 춘분 박용래

1) 『문학사상』 1976년 4월호 '이달의 쟁점'에 오탁번이 그전 달 『문학사상』에 발표된 박용래의 시 「월훈」에 대한 평을 실은 바 있다.

홍희표[1)]

홍희표 형에게

밤에는 머리를 풀고 흐느끼다가 새벽이 오면 언제 그랬냐는 듯이 잎이 다 진 창변의 초겨울의 하늘은 그지없이 맑기만 하군!

별고 없는지?

이번 경주 여행에서는 홍형이 그림자같이 나의 곁에 있어주었기에 이렇다 할 실수도 없었음을 믿고 새삼 우정의 따스함에 감사하고 있다오. 한아름 윤시인이 보내온 기념 스냅에도 보살님 같은 형의 모습은 새로워……

그날 우연히 불국사 경내 잔디밭에서 본 가을 민들레의 솜털도 머리에 떠올리곤 한다오. 요즘 읽은 어느 외국 시인의 작품에 민들레를 지구의 태동胎動으로 불렀더군. 진실로 감격, 감탄할 수밖에. 마지막 형이 선물로 준 새장 속의 십자매 한 쌍의 접시 물을 갈아주며. 안녕—

74년 11월 22일

희표 사형? 첫눈이 오는 날 사형의 글월을 받고 행복감에 젖었으오. 반일을 젖었으오. 이제 새 주소에 이삿짐은 다 풀었으오? 예쁜 나리양은 오늘도 고사리손으로 셈을 익히기 여념이 없겠고 어부인께서는 강녕하시오?

『현대시학』에 발표한 내게 주는 시는 눈을 비비며 읽었으오. 좋으나 궂으나 나의 주변 이야기에는 잔이 따르기 마련인가보오. 특히 종련終聯의 '지난날이 그리울 뿐 못 견디게 미울 뿐 앞으로 기나긴 일월을 생각하며 손을 비비오'는 담뿍 실감이 드는 구절로서 우리집 연이는 세련미의 극치라 하오. 얼마 전의 조선일보 '수요시단'에서도 사형의 신작을 음미했으오. 언제나 형의 시맥에서는 눈 속에 덮인 보리밭 같은 싱그러움을 느껴 이것은 나의 기쁨이요, 무한한 신뢰라오.

동계 방학이 멀지 않았군…… 방학이 시작되면 달려오시오. 같이 손에 손을 잡고 잠시 겨울 나그네가 됩시다. 돈아들도 집에 있을 테니 농중의 새도 당분간은 자유의 몸이 될 게 아니겠으오(단 최소한도의 경비는 그대, 장자長子가 부담하시라!!) 농이 아닌 기대만이 자못 부풀어 있으오.

그리고 미당의 자작 시화전이 일주일간 이곳에서 성황였으오. 며칠간은 나 혼자만의 축제 기분였다오. 이런 말 할까 말까 미당은, 짓궂은 선배는 '박용래'란 제목으로 시를 썼다 하오. 틈이 있으면 『문학사상』 정월호를 보아주시기 바라오.

만날 때까지 몸 건승하시고 오시는 대로 연락 주시오.

75년 첫눈 오는 날

자색 달개비를 보고 있지. 아침에 폈다 저녁답에 오무는 달개비꽃을 보고 있지. 샐비어를 보고 있지. 불티같은 사랑, 샐비어를 시화詩化해서 『시문학』에 보냈지. 지난달의 형의 작품 「악수」는 그 평이 대단하더군! 지상誌上에서 읽고 흐뭇했지. 내일이 백로, 억센 여름도 이제 다 물러가고 환절기마다 한바탕 요동치는 천둥, 내 가슴팍에도 지금 천둥이 치고 있지. 그리움의 천둥이지. 부디 좋은 가을맞이를 빌며, 총총.

75년 9월 8일

성이를 데불고 신탄진 강가를 거닙니다. 보리밭은 어느덧 무릎 위까지 패어 바람에 무겁게 쓸리고 있습니다. 목욕 철이 아니라서 물빛은 푸르고 나비 한 마리 기슭을 따라 나폴나폴, 대안對岸의 암산岩山에는 전마선傳馬船이 하나 매달려 있습니다. 강상江上의 초점처럼—

성이와 함께 발을 빠져가며 주워온 검은 돌멩이를 바라보며 형을 생각했습니다. 모처럼 보내주신 희소식에 담뿍 (행복감에) 젖어, 이제 예쁘고도 탄탄한 둥우리도 마련하셨다니, 좋은 시만을 부화하십쇼, 안녕—

76년 5월 11일

홍희표 사형! 먼 바다를 배경으로 제비가 버드나무 길을 누비고 있습니다. 발레리가 말했다는 '진실은 거짓말을 필요로 한다'와 같이 저 연기처럼 나부끼는 푸른 버드나무 길을 누비고 누비는 제비의 날갯짓에 거짓말은 있는 성싶지는 않군요.

무척이도 궁금하던 차에 혜서惠書를 주셔서 고맙습니다. 일인 삼인역으로 노력하는 형을 생각할 때 나의 나태는 부끄럽고 죄송할 따름이지요.

영 답답해 못 견디는 날은 혼자 교외를 배회하지요. 진잠에도 가고, 거듭 유성도 가고, 어디를 가나 꽃피고 잎 피는 나무들을 보면 스스로 머리가 숙여집니다. 사람의 일생이, 아니 나의 반생이 한 송이 꽃만큼도, 한 잎 나뭇잎만큼도 못하다고 생각할 때 비명을 지를 수밖에. 허나 만인을 위해서보다는 단 한 사람의 준열한 이해자를 위해 끝까지 노력하고 싶습니다.

어제는 한성기 시인이 우거寓居를 찾았더군. 같이 성보극장 골목에서 복일배復一杯, 형의 모습 그리워했소. 한시인이나 나도 영원한 고독의 화신이 되기를 맹서했다오. 희표 형! 화사한 봄은 잠시, 벌써 신록의 물결이 넘치는구료.

부디 건강에 유의하시고 좋은 시 많이 쓰소서. 총총.

77년 뜰에 라일락을 보며

안녕하신지요.

어떻게 지냈습니까. 마약 같은 여름을. 현안의 학위논문 쓰기에 바빴겠지요. 나는 동학사의 선경을 눈앞에 두고도 선풍기 바람에 매달려 백수의 탄식만 되풀이했다오. 방학에는 만날 양으로 기다리다가 조금 집을 비운 사이 형은 다녀갔구료. 자취도 없이. 논산의 강화백[2] 께서도 연락이 있었는데 우리들 시간이 서로 엇갈린 거예요. 언제라도 틈을 내어 내전來田하시오. 같이 동학사이건 논산이건 동행합시다. 마약 같은 여름도 가고 뜰에는 풀벌레 소리가 여물고 있군. 지나온 여정旅情을 다시 생각게 하는 가을. 우리들의 가을 만세.

78년 처서

동학사 가는 길의 홍시 있는 풍경이 그립겠죠. 격조하고 있으오. 보내주신 시집 『마음은 구겨지고』는 애서愛書하고 있다오. 새삼 사형의 연금술에 탄복하고. 정금미옥精金美玉의 경지랄까. 특히 소인의 이름에 부친 「잔」이란 작품에는 슬픈 미소가 뜨는구료. 송림을 거닐며 마시던 황혼주. 그리운 추억이오. 오시오. 금산사의 작설차를 대접하리다. 총총.

78년 만추

1) 홍희표에게 보낸 편지의 일부는 홍희표의 『눈물점 박용래』(문학아카데미사, 1991)에 실린 것을 가져온 것이다.
2) 화가 강성렬을 가리킨다. 박용래는 강성렬과 보문고등학교 동문인 홍희표의 소개로 그를 만나 오랜 기간 가깝게 지냈다.

강태근

강태근 형

지는 해가 걸려 있소
보리타작 끝마당
허드렛군이 모여
허드렛불을 지르고 있소
그 연기 속에
지는 해가 이중二重으로 걸려 있소
앞산山에 잔솔밭
목이 잦은 뻐꾸기도
허드레, 허드레로 울고 있소
도리깨꼭지에 지는 해가 또 하나 걸려 있소

그동안 소식 모르고 무척이나 궁금했다오. 낯익은 길을 가다가도 낯익은 찻집, 낯익은 주점에 앉아 있다가도 '불쑥' 예고 없이 태근의 모습이 나타날 것만 같애 시선을 모으는 날도 많이 있었다오.

그런 요행이 우리들에게 있을 리 없고, 혜서를 읽으니 태근은 이제 먼 전방에 안주하고 있구료. 그래 그동안 얼마나 수고가 많았소. 어떤 위치, 어떤 환경에 놓일지라도 만난을 극복할 수 있는 형의 한량없는 의지력을 믿기 때문에 긴 사설일랑 삼가하겠지만 정말로 고통스런 날도 있었을 줄 믿소.

허나 이 모두가 양양한 앞날을 위한 절대적인 시간임을 다짐하고 헤쳐 밀고 나가겠지. 훌륭해요. 반갑고 고맙고 고맙소.

여기들 친지는 다 무사하오. 염려 주시는 덕분으로 우리집 식솔들도 한결같다오. 언제나 잔을 들면 쓰러지도록 마셔야 풀리는 나의 악습을 누구보다 형은 잘 알고 있겠지만 이 지독한 악순환에서 이제는 탈출하려고 무한히 애를 쓰고 있지요. 그것이 어디 뜻대로 되어야지. 자성, 자책의 연속이라오. 주변에 진정한 한 사람의 이해자가 없음이 이다지도 고적한 것일까. 날이 갈수록 지난날의 고마웠던 형의 우정을 뼈저리게 느낀다오.

작품도 몇 편을 발표했다오. 『창작과비평』에 「탁배기濁盃器」란 졸시가 있는데 그 반영이 조금은 좋은 편이라오.

일본 도주샤冬樹社 간刊 『현대한국문학선집』에 들어갈 '시 5편' 및 어문각 간刊 『신한국문학전집』에 들어갈 작품을 지금 고르고 있는 중인데 형이 옆에 있었다면 얼마나 다행일까. 아쉽고 아쉬운 일이오.

임강빈 선생께서도 별고 없고 신정식의 작품이 2회 추천으로 이번에 나가요.

부디 근무에 충실하고 더욱 건승하시길 멀리서 빌어요.

불비

박용래

74년 협죽도 피는 날

태근 형

깎아지른 바위 고개를 넘어 울창한 삼림 속을 헤매다가 가난한 화전민을 만났다는 사연. 한량없이 부럽기도 했지요. 헤르만 헤세의 작품에 『데미안』이란 것이 있지. 나의 기억에는 데미안이 조국과 민족과 자유와 사랑의 문제에 고민한 나머지 눈 오는 산중을 방황하는 것으로 되어 있는데 아마도 태근의 그림자도 그와 같이 흡사하겠지요.

그래 그동안이라도 별고 없는지. 지난번 글에는 너무 나의 신변만 구구히 늘어놓아 그것을 또 태근이 찬송해주었는데, 조금은 쑥스러웠다오, 또 한번 태근 앞에 곰처럼 미련을 떨까. 오늘은 『한국문학』 『월간문학』 『심상』과 『현대시학』에 보낼 원고 청탁서가 한꺼번에 밀어닥쳐 즐거운 비명이오. 이런 때 또 날카롭고도 다정스런 나의 어드바이저 태근의 모습이 뜨겁게 뜨겁게 떠오르는군!

태근이 심혈을 기울여 쓰고 있다는 「폐촌」의 원고는 아무 염려 말고 이곳으로 보내주오. 이 기회에 나에게 공부도 될 것이고 작으나마 나의 의견도 삽입할 수 있지 않겠어? 위선 나의 체질로 보아 '폐촌'이란 제목이 썩 든든하다오.

나의 뜰에는 무척 태근이가 좋아한다는 협죽도꽃이 지금 만발이오. 홍색과 백색이 휘드러졌소, 전 같으면 이 허망한 아름다움 앞에 술잔이라도 비우겠지만 더 좀 살고 싶은 욕심으로 이를 물고 견딘다오.

장마 사이로 무더운 저녁 해가 조용히 저물고 있소. 오동잎에 지는 바람소리에 벌써 가을을 느낀다면 그것은 나의 쓸쓸한 도정道程 탓이겠지. 아마 그렇지? 인생의 가을. 참으로 치근한 이름이군. 계절은 무성한 여름인데……

매양 근무에 충실하길 빌며 이만 붓을 놓겠소. 야기夜氣에도 조심하여 여름 감기는 들지 말도록……

불비

74년 7월 11일

박용래 합장

태근 형에게

무척도 궁금하던 때에 글월을 받아 반갑기 그지없고 한편은 무딘 이 붓끝이 미안스럽기 한이 없었다오.

그동안 몸도 건강하고 맡은 바 임무에도 더욱 충실하다니 그저 고맙고 고맙고 다행스럴 뿐이오.

글을 받자오니 그곳은 아직 봄이 휘드러진 진달래 산천인 모양인데 이곳은 벌써 라일락이 흩어진 뜰에 오동나무 속잎도 완전히 되어 그 유토油土빛 흙에 초하初夏의 바람이 출렁이고 있다오.

참말로 잠깐 속절없이 가버린 봄이었지만 이 짧은 봄이 나에게는 그래도 소중했다 할까. 그것은 전연 생각지도 않았는데 서울 민음사에서 펴내는 오늘의 시인 총서의 시리즈에 뜻밖에 선정되어 원고 정리에 부심腐心한 일이랄까. 이 시선집의 특색은 매 권마다 작자의 작품 경향에 대한 해설이 붙는데 출판사측의 지적으로 나의 것은 충남대의 송재영 교수가 맡았다오. 신작도 4, 5편 넣고 70편쯤 골라냈지요. 시선집 이름은 '강아지풀'인데 되도록 전 시집의 싸락눈의 분위기도 생각한 셈인데, 집에 연이도 찬성해주었지. 옆에 태근 형이 계셨드면 전폭적인 조력이 있을 터인데…… 눈 꼭 감고 혼자 했지요. 늦어도 5월 안으로 책이 되어 나오겠지요. 내 자랑 너무 늘어놓은 것 같은데 새삼스레 한 편의 시 쓰기가 이토록 어려울 줄이야.

임강빈 선생 건승하시고 서울의 홍시인한테도 자주 편지 받고 있지요. 이 편지를 쓰다 군악 소리가 들려 나가봤더니 호수돈여고의 가드 퍼레이드인 양…… 전국 탁구권 시합에서 우승했다나봐…… 형과 같이 가끔 탁구장에 가서 땀을 빼던 생각이 물밀 듯하는군.

태근 형. 그럼 부디 안녕.

기쁜 일 있으면 또 펜을 잡으리다.

75년 5월 1일 박용래

태근 형

애끼던 유도화柳桃花는 삼동에 관리 소홀로 봄이 와도 소생할 가망은 없고 뜰 앞에 라일락 꽃망울이 빗속에 비를 맞고 부풀어 있어요.

그간 소식이 없어 몹시도 궁금하던 차에 글월을 받고 저으기 마음 놓였다오. 예기치도 않은 장출혈로 병상에서 신음했다니 추상같은 일선에서 얼마나 외롭고 괴로웠을까. 다행히 이제는 쾌유되어 규칙적인 일상에도 별지장이 없다니 모든 것 다만 대견스럽고 고마울 뿐.

이곳 나는 심심파적으로 마시는 술잔이 늘 지나쳐 일주일이 멀다 하고 회한의 연속. 작심삼일의 우유부단한 성격에서 오는 지난 비명은 삼가하리다.

저 박행薄幸의 고흐에도 얼음처럼 차갑지만 고갱의 은은한 우애가 있었고 끝까지 무구한 이해자로서의 친동생 한 명도 있었건만. 어디까지나 시란 이름 없는 방랑아의 노래임을 다짐하건만.

참 『문학사상』 3월호에 졸작 「월훈月暈」을 한 편 발표한 바 있지요. 의외로 이 작품이 도하都下의 각 문예지 월평자들의 관심을 끌어 사방에 대서특필했군요. 이번 휴가 오면 자랑할 양 잔득 벼르고 있다오. 자화자찬 같지만 우리들의 작업이란 결코 고독한 섬이 아니라는 것을 촌시寸時나마 실감하는군.

부탁받은 황금찬씨의 시집이 한두 권은 서가에 있는 줄 알고 먼지를 털어봤으나 누군가가 빌려간 모양. 지금은 없어 유감천만올시다. 태근 형, 우인友人께 양해 바랍니다.

임강빈 선생은 이번 충남문인협회 총회에서 지부장으로 선출되어 건재하다오.

유성 민가에도 고산사 밭머리에도 오늘은 노오란 산수유꽃이 폈겠지…… 산수유꽃 보는 심사로 태근의 모습을 그리오. 부디 자애하시고 군무에 정진 바라오며. 불비. 무운을 빌며.

76년 조춘早春, 박용래

나태주

나태주 대형大兄

신춘문예 당선을 진심으로 축하드립니다.

형의 작품에 대해서는 지상紙上에 발표되기 전에 마침 유성온천에 내려오신 박목월 선생님께 듣고 알고 있었습니다.

같은 충청도 출신이라는 의미에서도 남달리 기뻐했습니다.

대전에는 형도 아시다시피 대전일보와 중도일보의 두 신문사가 있습니다.

형께서 작품을 발표하실 의향이 계시면 옥고 보내주시면 언데든지 알선해드릴 수 있습니다. 한 가지 섭섭한 일은 거의 고료가 없다는 점입니다.

그리고 충남문협에서 발간하는 『충남문단』이라는 동인지가 있습니다. 4월경쯤 인쇄할 예정으로 있는데 어떨는지?

시고詩稿를 주시면 대환영할 것입니다.

그러나 뭣보다도 한번 박목월 선생님과 맺은 인연이 귀중하시기에 작품이 되시는 대로 박선생님의 고시高示를 받는 것이 중요하시리라 믿습니다.

참말로 시골에서 어떻게 문학 공부를 하시는지? 남몰래 흐르는 땀이 있으리라 믿습니다. 정진 정진하십시오.

형께서 대전에 오시는 길이 있으면 우거로 전화 주십시오. 번호는 2-5973입니다.

멀리 글월 주셔서 감사합니다.

당진, 서산은 간 일이 있어도 아직 서천은 가지를 못했습니다. 푸른 솔바람 소리 사근대는 바다가 보이는 산길입니까.

부디 건승하십시오.

71년 1월 25일

대전 박용래

나태주 대인

잔설에 빛나는 형의 마을. 정월 대보름도 지났으니 대바람 소리도 한결 맑으리라 믿습니다.

그동안 안녕하십니까.

주신 사연과 시 작품도 잘 읽었습니다. 「봄 과수원」은 부드럽고 섬세한 형의 천성을 느낄 수는 있으나 지나치게 사실 묘사에 기울어 전체적으로 산만한 느낌을 또한 어찌할 수 없었습니다.

"비둘기 발목같이 붉은 가지"…… 이렇게 아름다운 구절에다 "나이롱제 삼각팬티 같은"…… 조잡한 시어들이 너무 갑작스럽고 봄의 이미지를 지워줍니다.

한 가지 더 말씀드릴 것은 군데군데 "것이었다" 등의 변설조가 신선감을 주지 않고 귀에 거슬리기도 합니다.

시는 역시 하나의 제시提示이며 표현이지 상황 묘사는 아닐 것입니다. 이 글을 쓰는 저 역시 미에 대한 차원을 더 좀 높이고저 사족을 붙였습니다. 양해 있으시기 빕니다.

머지않아 물오른 나뭇가지에 봄 볕은 모여서 피겠습니다.

때때로 아직은 모르는 형의 얼굴이 몹시 보고 싶습니다. 대전에서 형이 사는 마을로 가려면 어떤 길이 있는지. 군산을 돌아가자면 어떻게 형을 찾을 수 있을는지. 그 길잡이를 알려주십시오.

그리운 이름으로 형을 오래오래 생각하고 싶습니다. '그저 그렇게' 사는 시간 속에 외로운 몸짓으로 보내주는 형의 글이 퍽으나 위안이 됩니다.

내내 건필하십시오.

71년 2월 15일 대전 박용래

나태주 형

오랫동안 소식 못 전했습니다. 글월을 받고 진정 반가웠습니다. 『현대시학』이나 『시문학』에서 형의 작품을 읽고 마음 든든하게 생각하고 있습니다. 실은 벚꽃 필 때 바다와 백어白魚도 음미할 양 군산에 들러 형의 사는 곳까지 갈 예정이었으나 소원은 이루지 못했습니다.

부디 건필하십시오.

총총

1972. 5. 31.

나태주 형

퇴근 코스를 바꿔가면서 호젓한 코스모스 길을 걷고 있습니다. 교외에 있는 학교라서 사방에 코스모스는 지천입니다만.

보내주신 『새여울』 고마웠고 새삼 그립던 날 전해주신 글월도 감사하오.

뭣보다도 반가운 것은 형이 곧 결혼한다는 사실입니다. 외롭고 슬픈 시인일수록 진실히 미더운 반려자는 필요하지요.

형이 화촉을 밝히는 마당, 모든 것 뿌리치고 달리고 싶은 지금의 심정이지만 그때의 형편은 어찌나 될는지?

부디 건승하시오.

1973. 9. 19.

박용래

김성동

꿈의 벗

성동 형

정겨운 형의 글발. 병상에서 읽고 읽고 있으오. 청초한 모습 그리며.

나는 지난 7월 말 초저녁, 억수로 내리는 빗속에 미친 차에 치여 무릎뼈를 다치고 평생 처음으로 병원 신세를 지고 있으오.

우연한 일순의 작란이 이토록 무서운 결과를 부를 줄이야. 앞으로도 한 달 후에나 우측 다리의 깁스를 풀고 또 그후는 당분간의 물리치료……

허나 몇 개월은 아무렇게나 살아온 나의 과거를 자성할 겸, 좋은 기회라 생각하고 있으오.

오늘도 흐르는 구름, 나는 새는 예나 다름없이 무심한데 외상外傷한 무릎뼈 속에서는 가을 귀뚜라미가 울고 있으오. 순수한 시대는 가고 울고 있으오.

꿈의 벗
성동 형

순수한 시대를 부르오. 순수한 시대란 넓은 의미에 있어서 형용키도 어려운 어휘겠으나 우리들의 본 어린 날의 흰 무지개 같은 존재가 아니겠으오.

나의 벗
성동 형

사십여 일의 지긋지긋한 병원 생활이 진저리가 나 지금은 깁스를 안고 집에 돌아와 누워 있으오. 창변에 살찌는 청시青柹를 뚫어지게 바라며.

성동 형
꿈의 벗

가끔은 글발 주시오.

요새는 무슨 생각을 하고 있으오.

"심중에 남아 있는 말 한마디는
끝끝내 마자 하지 못하였구나"

김소월 「초혼」에서

젊은 벗
성동 형

"그립다 말을 할까 하니 그리워"

김소월 「그리움」에서(?)

내내 옥조玉藻를 빛내소서.

80년 초추 박용래

성동 인형

버들잎 같은 형의 엽서 들고 있으오. 새집, 새 동네로 이사했다니 만복을 빌겠으오.

말씀 줄이압고 이미 '병 속의 새'는 눈 오는 어느 날 승천한 지 오래인바 새삼 난무도량亂舞跳梁하는 '화택火宅의 새'에는 너무 상심하지 말으시오.

오는 30일 이곳 오신다 하니 그날을 고대하겠으오. 아직은 병상에 누워 있는 처지지만 형과 단둘이서 하룻밤 조용한 시간을 보내고 싶으오. 몇 잎 남은 금산사의 작설차라도 마시며.

벗이여.

오시는 대로 누옥陋屋에 전화 주시오. 44국에 2973이오.

꿈의 벗이여.

오늘은 형의 이름을 부르오.

그날까지 안녕.

1980년 한로

청시사 박용래

추신. 보내주신 『한국문학』은 열독했지요. 우정 감사합니다.

김유신

김유신 인형

안녕하시지요.

그날은 마침 호인을 만나 원곡 간이정류소에서 트럭을 편승하여 돌아왔죠.

활짝 나래 핀 형의 고향 하늘을 안고.

이번에는 여러 가지로 신세만 졌습니다.

뜻밖에도 형의 댁에서 두진 선생님을 만날 줄이야! 우연이라면 참으로 신묘한 노릇이지요. 세상 매사가 다 그날 같았다면 살맛도 있을 터인데……

그리고 주중酒中에 쓴 나의 '미류나무' 운운의 낙서(?)는 없애버리세요. 대신 평소 형의 원했던 졸고를 동봉하였사오니 아쉬운 대로 이

용해주십시오.

오늘도 학림[1] 애기를 안고 뜰을 소요하고 있을 형을 그리며 다복을 빕니다.

영부인께도 안부 전합니다.

78년 처서 박용래

길

박용래

미류나무 미류나무는 키대로 서서 먼 들녘을 바라보고 있다. 그 밑을 슬픈 칼레의 시민들이 오늘도 무거운 그림자 끌며 끝없이 가고 있다. 눈물이 바위 될 때까지 가리라. 하마 그렇게.

(빗물받이 홈통에 오던 참새)

낯익은 참새랑 나귀 데불고

주 '칼레의 시민'…… 로댕의 조각 군상

77년 10월 작

1) '학림'은 김유신의 둘째 딸 이름으로, 박두진 시인이 작명한 것이라고 한다. 김유신은 1975년 박두진 시인의 추천으로 『현대시학』을 통해 등단했다.

이동순

이동순님,

이제 버들꽃은 개울에 지고 석류, 감나무 잎이 번지르르한 오전입니다.

다시 사형이 보내주신 『백자도百子圖』를 무릎에 펴고 조용한 흥분에 갇힙니다.

푸른 강줄을 거슬러 올라가는 숭어떼 같은 그 강줄에 이는 수맥 같은 굽이도는 낙동강 칠백 리 같은 시편들을 대하고 조용한 흥분에 갇히는 제가 어리석은 사람일까요?

싱싱한 오전의 시를 위해 시의 영원한 생명을 위해 미래를 위해 끝까지 산정의 깃발을 내리지 마십시오.

거듭 멀리 보내주신 우정에 감사 말씀 드리며 이하석님께도 축하 말씀 전합니다.

75년 5월 15일 박용래

박연

연에게

총총히 보내놓고 무척도 가슴 조이더니 너의 글월을 받고 적이 마음 놓이는구나.

그간이라도 별고는 없겠지.

남달리 부끄럼을 타는 네가 동숙의 선배 언니들과도 오손도손 잘 지내고 있다니 기쁘고 기쁘다. 후배라고 어리광일랑 말고 깍듯이 예의를 지켜다오.

그리고 뭣보다 반가운 것은 이미 시일이 늦었는데도 ㅅ학원과 ㅁ화실에 등록 절차를 마친 일, 그저 고맙고 고마울 따름이다.[1)]

짧은 해에 학원에 가랴 화실에 가랴 낯선 거리에서 종종걸음 치겠구나. 아마 그런 것을 일인이역이라고 하는 거겠지. 예부터 젊어서 고생은 사서라도 한다는 내려오는 속담이 있지, 고진감래란 말도.

허기야 연아, 저 반 고흐의 하늘에 맴도는 두 개의 태양, 일어서는 지평, 춤추는 올리브 숲 등이 어찌 하루아침에 이루어졌겠느냐. 참으로 종교처럼, 스스로 가는 길을 믿고 끝까지 간 사람은 훌륭하구나.

그렇지만 연아, 아직은 어린 너, 너의 장래 희망이 화가여서 온갖 정열을 그림에 쏟는 것은 좋으나, 한편 인간으로서의 품위를 잃지 말아다오. 지식이 곧 지성 아님을 명심해다오. 어찌 지식이 곧 지성이겠느냐.

연아, 아무래도 그림은 재료의 선택도 중요한 만큼 돈에 구애받진 말고 마음에 드는 것을 골라서 쓰도록 해라.

학교 길과 집밖에 모르던 네가 난생처음 객지생활을 하게 되니 어찌 한신들 마음 놓이겠냐만 평소 너의 침착성과 의지를 믿고 안심은 한다. 객지에 있다 하여 무턱대고 널 홀로 물가에 노는 아이 취급은 않으련다.

어제는 성이가 연이 누나는 일 년 후에야 집에 온다기에 식구들이 모두 웃었다. 하기야 사십 일간의 너의 부재도 어린 성이의 관념으론 일 년만큼이나 긴 세월이겠지. 이제 고교입시를 앞둔 수명이도 나름대로 긴장해 있고 노아 언니 역시 근무에 충실하구나.

엄마는 여전히 바쁜 몸이라서 좀처럼 말은 없으나 너에 대한 기대는 태산인 듯 표정에 나타나 있구나.

연아, 오래 전 아빠가 본 영화에 〈파지장波止場〉이란 것이 있었지. 말런 브랜도가 나오는 영화지. 여주인공의 이름은 잊었지만 여자 대학생인 것만은 확실해. 하루는 부두 노동자인 그의 아버지가 딸 앞에 짝짝이 팔(평생 하차장에서 짐을 날랐기에)을 보여주는 장면이 있었지. 암담한 그 장면을 떠올릴 때마다 아빠 허송세월한 반생이 부끄럽기 그지없다만 그런 아빠일망정 너희들에 대한 바람, 남 못지않음을 어쩌랴.

연아, 식사는 제때에 맞춰 해야 한다. 학과도 그림도 중요하다만 우선 건강을 염두에 둬다오. 어차피 점심은 밖에서 하겠지만 절대로 거르는 일 없도록.

혹시나 너는 넉넉지 못한 집안 사정 때문에 필요 이상으로 마음의 부담을 느끼고 있지나 않을는지. 버려라, 그런 걱정일랑 깨끗이 버려라. 다만 너는 너의 최선만 다하면 그만인 거야.

연아, 가로수 은행잎도 모조리 지고 서울의 하늘도 쓸쓸하겠구나. 부디부디 몸조심하고 네가 바라는 미술대학에 무사히 합격을 하자.

아빠 인간의 가능성이란 무한임을 믿는다. 오늘도 차가운 화포畵布 앞에서 (화필을 든) 너의 작은 손은 엄숙히 떨리겠구나.

최후의 일각을 빛내자.

76년 12월 1일 아빠로부터

연에게

전략하옵고

오늘도 한파는 여전하구나. 할머니와 함께 무사하겠지. 지원하는 학교에 입학원서는 무사히 접수시켰으리라 믿는다. 그때 받은 '접수증'을 잊지 말고 예비 소집 날 학교에 지참하도록 각별히 주의해다오. 시험장에는 엄마가 참석하겠지만 최후의 일각을 영광으로 이끌어주기를 손 모아 기원한다.

77. 1. 6. 아버지로부터

연

그간 소식 몰라 궁금하던 차에 너의 엽신葉信을 받고 저으기 마음 놓이누나. 몸도 건강하고 학업에도 충실타 하니 다행 다행이다. 아무래도 객지에서 불편한 점, 한두 가지겠니? 하드래도 밝은 장래를 위해 분투해다오.

이곳은 모두 연이가 염려하는 덕분으로 무사히 지내고 있다. 좁은 뜰일망정 라일락꽃 향기가 올해도 향그럽고 감나무 새잎도 눈을 뜨기 시작이란다.

엄마는 물론, 노아 언니도 근무에 이상이 없고 수명이는 새벽마다 유성 통학 버스를 놓칠세라 부지런해졌구나. 그리고 진아는 5학년이 되니까 아주 어른스러워졌어요. 성이 역시 맑은 날에는 어둡도록 친구들과 어울려 밖에서 논다. 일일공부도 열심히 하고. 이제는 그 실력이 1학년쯤은 될 거야. 아빠는 틈이 나는 대로 교외를 자주 배회하지.

얼마 전엔 은진미륵을 찾을 기회가 있었지. 관촉사의 단청은 많이도 달라졌으나 몇백 년, 이끼 낀 석불의 모습만은 예와 같더구나. ······ 가도 가도 고향, 자신의 초라함만이 한없이 부끄러웠지. 제대로 하나의 뜻마저 세우지 못한 자책으로 지저귀는 새소리에도 우울했단다.

연아,

네가 걱정하는 아르바이트 건, 당장은 너무 염려 말아다오. 아빠도 처음에 얘기했듯이 저학년에서 그다지 서두를 건 없어요. 너의 효심은 고맙지만, 위선 대학생으로서의 품위와 긍지를 굳건히 해다오. 다만 종종 목월 선생께나 최종태 선생께 안부 정도는 전하는 건 좋은 일이다.

연아.

이번에 내려올 때는 벌써 신록의 계절이구나. 간단히 스케치할 준비라도 하고 오렴. 그래서 아빠의 단조로운 방을 너의 그림으로 장식해다오.

별도로 『한국문학』 5월호를 송부한다(아빠의 졸작이 실려 있는). 네가 기뻐할 것을 믿기 때문에.

부디 건승하여라. 다음 또 소식 전하마.

77년 4월 15일 부서父書

그리운 연아!

밤마다 풀벌레 소리가 베갯머리를 적시는구나. 네가 띄운 예쁜 편지는 잘 받았다. 몸 건강하고 온 힘을 면학에 쏟고 있다 하니 아빤 뭣보다 기쁘구나. 너도 알다시피 좋은 그림이 어찌 하루아침에 이루어지겠니? 기다려라. 그리고 꾸준히 노력해다오. 튼튼한 나무에 튼튼한 열매가 맺는 것이니 위선 먼저 좋은 자양을 많이 흡수해야지. 서둘 건 없어요. 결코 자연은 오뇌한 만큼 그 결과를 주는 법이니 안일만은 피해다오.

이곳 집안은 다 무고하다. 엄마는 이번 대인사이동에 조산소를 나와 동부본소 근무가 되었구나. 이제 그 지긋지긋한 야간근무는 없어 다행한 일이나 계장이라는 중책을 맡아 눈뜰 사이가 없구나.

그간 학비는 모자라지나 않는지. 17일에 귀가하면 그때 직접 너에게 전하려고 한 학비인데 24일에나 온다 하니 어쨌거나 생활에 지장이 있으면 연락해다오. 곧 송금을 할 터이니까.

추석에 귀성한다구! 기둘려지는구나. 네가 먹고 싶은 것, 뭣이든 주문해다오. 집에서 만들어놓을 터니까.

성이는 오늘도 네가 오는 날을 손꼽고 있단다. 아빠랑 둘이서 집을 잘 지키고 있단다.

이종수 선생을 만났다니 고맙구나. 종종 들러 유익한 말씀 많이 들어다오.

오늘 『문학사상』에서 원고 청탁이 있어 동요풍으로 다섯 편을 보냈구나. 좀 무게가 없어 불안한 작품이나 난잡스런 시보다는 나은 점도 있어 써놓고 애끼던 동요풍을 보냈어요.

그리운 연아, 객지에서 고생스런 일 많은 줄 믿는다만 부디 용기를 가지고 매사에 돌진해다오.

또 편지 쓰마. 오늘은 이만 안녕!

77년 가을

아빠 용래

무척이도 궁금하다가 글을 받고 저으기 마음 놓이는구나. 허다한 말 줄이고 너의 과찬에 아빠 어리둥절하는구나. 가족과 민족을 등한시하는 사람이 어찌 세계의 이상인들 좇겠느냐. 아빠 실격이란다. 마당에 지는 낙엽을 쓸며 쓸며 허공에다 실격, 실격을 외쳐본다. 그래도 목숨은 아름다운 것, 아름다움을 위해 끝까지 가련다. 엄마도 사 일 동안의 교육 시찰을 무사히 마치고 돌아오고 성이도 여전하다. 부디 안심하고 그림 앞에 경건히 서다오. 연아

77년 만추 부서

연아, 꼭지를 딴 지는 오래지만 아직도 남아 있는 마즈막 잎새. 우리집 감나무. 조석으로 제법 한기마저 드는구나. 몸성히 면학에 힘쓰고 있으리라 믿고 안심하고 있다. 보내준 너희 학교 학보에서 너의 글

을 발견하고 기적인 듯 놀랐다.[2] 그러고 보니 여름방학 때 엄마랑 바다에 간 것도 무의미한 일은 아니었구나. 전체로 좀 톤이 무거운 글이었으나 네가 자기 탐구에 몰두하고 있는 것만은 역력하다. 반갑고 고맙구나. 좋은 그림을 그리기 위해선 좋은 글도 알아야 한다. 일기를 써다오. 젊은 날의 일기는 일생의 루비(보석)란다. 문장 수업을 위해서도. 집안 모두 편안하다. 고맙다. 불비

77년 11월

연아,

그간 별고 없겠지?

학교 구내의 목련꽃이 화사하겠구나. 신기스레 우리집 뜰에도 앵두꽃이 피었단다. 헤어도 헤어봐도 대여섯 송이의 초라한 모습이지만 초라한 모습이기에 더욱 신기로운 애기나무 앵두꽃, 물론 라일락은 지금이 만개이다. 아빤 『심상』지의 청탁으로 목월 선생 애도시를 울먹울먹 써서 보냈다. 성이도 학교에 잘 다니고 집안 두루 무사하니 안심해다오. 좋은 그림 많이 그리고 몸 편해다오.

78년 4월 14일 부서

연아

창밖에 감꽃이 을씨년스럽구나. 몇 마리 꿀벌이 맴돌고.

그날 목월 선생 기리는 행사에서 뜻밖에도 연이를 만날 줄이야![3] 아빠는 기쁘고 기쁘고 자랑스러웠다. 다음날. 최종태 선생님도 이종수 선생도 뵙고 아빤 지쳐서 돌아왔단다. 집안 모두 별고 없고 진아는 아침에 현충사로 소풍 떠났단다.

부디 건강하기 바랄 뿐. 아빠의 소원.

78년 5월 22일 아빠로부터

연아

아빤 요새 담장 밑의 무화과만 보고 있다. 너도 알겠지? 그 어린 나무가 이젠 제법 잎을 드리우고 능금빛 열매마저 맺는구나. 봄에 꽃망울은 없었어도 저렇게 예쁜 열매를 맺는 걸 보니 정말 무화과는 전설의 나무겠지.

연아.

간밤에 꿈속에서 널 보고, 좀처럼 없는 일이기에 웬일일까 하던 중, 방금 너의 글을 받고서 적이 안심을 한다. 그간 아무 탈 없이 잘 지내고 있다니 아빤 기쁘기 한량없다.

연아.

실은 네가 추석 명절에는 올 줄 알고 성이랑 무척 그날만을 기다렸었지. 진아랑 수명이 역시 엄마도 그런 눈치였었다.

허나 아빠 한편으로는 지상 보도만 보더라도 서울역 귀성객 인파가 어마어마해서 겁에 질린 나머지 네가 다음 기회에 오길 바랐다.

연아.

'돌다리도 두드리며 건너라'는 옛말이 있겠지. 객지에서 맞는 명절이 처량하기도 하겠다만 그 무시무시한 교통지옥을 뚫고까지 올 필요는 없다고 생각한다.

연아. 네가 오는 날이 우리집에선 명절이지. 어디 명절날이 따로 있겠니?

부디 마음 상하지 말고 추석 후의 평온한 날 내려와다오.

그럭저럭 노아도 근무에 별일 없다.

연아.

조석으로 냉기가 도는구나. 객지에서는 몸 건강이 제일이야. 식사 충분히 하고 밤에는 숙면하여라.

지상紙上을 보니 대학 미전美展이 있었더군. 참관이나 했는지? 성가시다 말고 정밀 묘사를 계속하기 바란다. 하루 한 장 목표로 나가면 어떨는지?

연아.

집안 걱정 말고 항시 환희에 넘치거라.

78년 9월 청시사 용래 부서

그리운 연아

연아, 아침마다 집안이 제비 소리로 쌓이는구나. 매일매일인지라 하도 수상하여 두루 살펴보았더니, 연아, 놀라지 마라 제비는 왜 있지 않니 꽃밭을 바라보는 중간 문, 그 문등의 둥근 등피 위에 교묘하게도 집을 쌓아올렸구나, 집안 식구 아무도 모르는 사이에. 밋밋한 슬래브 지붕 밑 작은 문등의 등피에까지 집을 지은 제비의 슬기랄까 어찌 못할 처지랄까에 집안 식구들은 모두 감탄의 혀를 내두르고 있단다. 이 끝없는 생에 대한 집착은 오히려 숭고하고나.

연아. 학업에도 별고 없겠지. 늘상 말하듯이 너의 대학 생활은 너의 일생에 있어 가장 황금기인 만큼 매사에 전력을 다해다오.

그리고 네가 머물고 있는 정규네 집은 상상보다 지내기가 어떻니? 아무래도 사촌오빠 집인 만큼 아빠는 한편 안심하고 있다만 그럴수록 예의 잊지 말고 틈나는 대로 아이들의 공부도 보살펴주도록 해요.

아빠 며칠 전 공주사대 학생회의 초청으로 문학 강연 갔다가 내킨 김에 부여 강경 논산의 옛길을 더듬었으나 역시 어느 시인의 말따라 고향이란 멀리서 생각하는 것인가봐. 가도 가도 살풍경, 머릿속에는 푸르른 논에 외다리로 섰는 해오라기 모습을 그렸었는데 가도 가도 거칠은 시멘트 포장의 어설픈 풍경, 겨우 비 오는 황산나루 메기탕 집에서 조금은 객수를 풀기는 했다만.

연아 언제쯤 내려오겠니? 집안 식구 모두 기다리고 있지만 중에서도 성이 눈치가 대단한 것 같구나. 새삼 고3인 수명이가 치근하다. 입시 준비 때문에 귀가 시간이 연일 오밤중이니 통학 거리도 멀고, 좁은 어깨가 더 좁아진 듯하구나. 진아는 학과에 대한 호기심이 대단하고 열의도 있는 듯, 교복도 스스로가 건사하고, 노아 언니 역시 여전히 근무하고 있구나.

연아, 뭣보다 건강관리가 제일, 결식은 절대 안 된다. 좋은 그림 그려다오.

79년 제비 소리 들으며

아빠 용래

연아

그날 아침 허둥지둥 귀가했으나 떠나는 시간에 닿질 못하여 무척 섭섭하던 중에 네가 띄운 절절한 사연을 받고 그지없이 반가웠다.

연아 짧은 방학 동안 네가 집에 있는 동안만이라도 너의 마음을 편히 쉬게 했어야 했을 터인데 거듭거듭 마음 상하게만 했으니 아빠의 뉘우침 또한 크고 크다.

허나 연아, 흐린 날이 있으면 개인 날도 있는 법. 마음 굳건히 나아가자. 물론 아빠의 무능으로 하여 너희들의 욕구불만이야 모르는 바 아니지만 서캐처럼 집안에만 박혀 있어 곤두서는 아빠의 서슬도 성장한 너희들은 이해해줘야겠지.

연아, 교회에 나가지 않는 아빠가 새삼스레 신에 감사하다면 우스

꽝스럽고. 다만 아름다운 자연에, 신세만 지고 있는 이웃에 그리고 무럭무럭 자라는 너희들에게만은 최소한도 감사할 줄 아는 인간이 돼야겠다.

평상대로 노아는 아침 출근에 바쁘고 수명이는 엊그제 충치(어금니)하나를 뽑았어요. 여중 신입생인 진아도 밝은 표정으로 등교하는데 신기한 것은 그렇게 복장에 무신경이던 아이가 어제는 삼 일 만에 교복의 주름을 펴고 있겠지! 옆에서 수명이가 도와주는 것 같았지만.

똘똘이 성이 역시 피아노 교습소에다 학교 숙제에다 빵빵이 치고 있으니 안심해다오.

연아, 지상을 보니 고궁에서는 멕시코 문명전이 대단하구나. 틈을 내서 조춘의 고궁을 산책 겸, 허약이 없는 인간의 소리, 애절한 기원과 관용의 화가들을 만끽해다오. 오래전에 파리에서 세계 미술전이 열렸을 때 가장 세인의 이목을 끈 것이 멕시코전이었다는 것을 아빠는 이웃나라 잡지에서 읽은 일이 있어요.

연아, 자랑스런 딸이 되어다오.

하루하루 뜰의 라일락 망울이 부푸는 듯하구나.

함박꽃처럼 웃고 오는 너의 날을 기다리며

미안한 아빠,

79년 3월 바람 부는 날

연아

있는 듯 없는 듯 라일락 향기는 시들고 뜰에 영산홍이 호들갑스럽구나. 연아 우리집 뜰에 영산홍이 있는지 너는 알는지? 늦게 움돋는 대추나무 새싹이 신기롭고 귀여운 건 무화과 새잎, 마치 어린이의 손바닥 같구나.

그간 별고 없겠지.

집안 두루 평강하니 마음 놓아라.

다만 성이가 자꾸 집을 비워 걱정이다. 그만한 나이에 동무들과 놀고 싶은 맘 오죽하겠냐만 제 할일은 하고 놀아도 놀아야지. 해 질 무렵에나 진아가 골목을 찾아 세우고 돌아오니 걱정할 수밖에. 허나 여전히 피아노 레슨도 받고 곧잘 숙제도 해가기는 해간다. 매사에 저 하는 대로 무관심해야겠는데 그렇게도 안 되는 게 안타까운 아빠의 노파심일지.

의지가지없는 객지에서 공부를 하랴 아르바이트까지 하는 연이 생각을 할 때 아빤 늘 미안하고 고맙고 믿음직스럽다. 제발 건강관리에 유심하여 싱싱한 젊음을 잊지 말아다오.

참 상금 미도파 육층 화랑에서 이중섭 화백전이 열리고 있지? 틈을 내서 한번 관상하는 것이 어떨는지. 그때 회장에서 파는 포스터 한 장 사도록 해요. 아빠의 빈방에 포스터나마 한 장 걸어놓고 싶구나. 불우했던 예술가의 초상으로서. 화집이야 값비쌀 터이니까. 연이 주머니로서는 무리일 터이니까. 아예 무리는 말아다오.

어린이날에는 귀성하도록. 엄마도 기뻐해주고, 어린 동생들도 격려 고무해다오. 그날을 기다리며 연아. 총총

79년 봄봄

* (『문학사상』에 시 한 편, 『심상』에 두 편, 『여성중앙』에 한 편 청탁대로 써서 보냈다. 아빠의 늙은 봄은 그런 동안에 흘러가는가보다.)

연아, 번번이 네가 보내는 편지에는 정성이 담뿍 고여 있구나. 몸성히 학업에 충실하다니 아빠 뭣보다 기쁘다. 집안 물론 모두 무고하니 안심하여라. 아빠 『현대문학』에 「Q씨의 아침 한때」 그리고 『문학사상』에 「저물녘」을 송고했지. 아, 참 그리고 『한국문학』 10월호에 나온 아빠의 화보를 봐주었다니 감사하구나.[4] 허나 이번 시집 원고는 아직도 미정리. 자신이 없는 것이다. 가까운 추석에 연이 얼굴 보겠다. 부디 건강하길.

79년 가을 아빠

그리운 연에게

오늘은 비바람에 마즈막 잎이 지고 있구나. 행인들의 외투깃 높고. 별고 없겠지.

지난번 띄운 글은 잘 받아보았다.

이번 네가 본 불란서 명화전이 그토록 황홀했다니 아빠도 한번 감상할 것을. 좋은 기회를 놓쳤나보다. 이래저래 시골 사는 사람은 손해가 많지.

네 염려 덕으로 집안은 두루 편안하다. 뜻밖에 노성이[5] 표창장을 두 장이나 타와서 집안에 웃음꽃이 폈었지. 한 장은 경필 실기대회에서 동상을 탔고 또 한 장은 독후감 쓰기 대회에서 우수상을 받았단다.

12월 초순에는 귀성하겠구나. 아빠의 시집 『백발의 꽃대궁』은 아마도 X마스 전에는 나올 모양이다. 그리운 연아. 너의 오는 날을 기다린다.

(엄마가 일전에 보낸 기숙사비는 받았느냐?)

79년 11월 28일

딸, 연에게

창밖에 물든 감나무를 보면 가을이 총총히 내려와 주렁주렁 매달린 듯하구나. 몸 편히 그림에도 열중하고 있으리라 믿고 아빤 안심한다. 네가 고대하던 장학금도 그만하면 넉넉히 받게 되었으니 감사, 감사할 뿐이다. 언제 어디서나 너의 최선을 다해다오.

비로소 다가서는 언니의 혼례.[6] 오늘은 아침부터 엄마의 친구들이 (초등학교 때) 모여 금침을 하느라 떠들썩하니 차츰 실감이 난다 할까. 그동안 살얼음을 밟는 듯하던 엄마의 건강이 이만큼이라도 좋아졌다고 생각하니 아빤 다만 가슴속으로 기쁘다.

연아. 객지에서 혼자 거처를 바꾸랴, 이삿짐을 꾸미랴, 주위를 정돈하랴, 혼자서 심란도 하겠지만 우리들의 내일을 위해 참고 견뎌나가다오. 젊을 때 고생은 황금을 주고도 산다 하니, 참아다오.

연아 잊지 말고 서울에 있는 노훈 오빠에게 연락을 하여 언니의 결혼식에 불편이 없도록 해다오.[7] 만일 오빠가 여의치 않으면 아빠의 다른 계획도 있으니 빠른 시일 내로 답장 바란다.

참 연아. 언니의 혼례 기념으로 네가 입을 새 옷을 한 벌 마련했으니, 틈이 나는 대로 재단하여 입으면 되겠지!

집안 모두 편안하다, 힘있게 살자.

총총

80년 10월 4일 아빠 용래

박연 앞

반쯤 열린 창문 사이로 구름이 흐르고 흐르고 있다. 구름은 흘러서 어디로 갈까. 구름은 영원한 방랑자, 저 무명한 방랑자를 위해 연아! 끝없는 박수를 보내자. 축복의 박수를. 네가 떠나던 아침. 달리는 고속 속에서 너의 손은 차가웠겠지. 옷깃을 여미며 여미며 달리는 너의 모습을 상상한다. 다행히 네가 있던 며칠이 학교는 우연히도 휴강였다니 아빠는 안심, 대안심. 그새, 노아 언니는 신부 차림으로 이서방과 함께 놀러왔더군. 양인이 같이 싱글벙글이니 전도가 환하게 빛나 보여 이것도 아빠는 안심, 대안심. 네가 보낸 수명의 반코트. 하도 색감이 고와 아빠는 지금 벽에 걸어놓고 하염없이 감상하고 있단다. 고맙다 연아, 안녕.

1980. 10. 30. 청시사 부 용래

1) 박연은 1976년 말 이화여대 서양화과 입시를 앞두고 대전에서 서울로 올라가 기숙하며 논술학원과 미술학원을 다녔다.

2) 박연은 대학교 1학년이던 1977년 이대학보 600호 기념 현상공모에서 수필 부문 최종 3인에 들었으나 당선하지 못했는데, 601호에 그 작품이 게재되어 아버지에게 학보를 보내주었다.

3) 1978년 5월 12일 한국시인협회 주최로 문예진흥원 강당에서 열린 박목월 시인 추모 모임에 박용래 시인이 목월 시 낭송자로 참석하였는데, 그 행사에 박연도 뉴스를 보고 참석하였다.

4) 『한국문학』 1979년 10월호 '작가의 일일'란에 박용래의 일상을 담은 화보와 그의 산문이 함께 실렸다.

5) 박용래의 막내아들 박노성을 가리킨다. 다른 산문과 편지에서는 항상 '성이'로 쓴 반면 이 편지에서만은 '노성'으로 쓰고 있다.

6) 첫째 박노아의 결혼식이 1980년 10월 18일이었다.

7) 노훈은 박연의 사촌오빠로, 박용래가 다리 골절상으로 휠체어를 타고 결혼식에 참석해야 해서 노훈에게 신부 입장 때 함께해줄 것을 부탁했다.

박용래 산문 연보

발표일	제목	발표지면
1956. 4	수중화(水中花)—당선 소감	『현대문학』
1970. 2	단상	『충남문학』 6집
1970. 3. 20.	민들레 몇 송이	한국일보
1970. 5. 17.	색깔	중앙일보
1970. 8	그 마을—현대시학작품상 수상 소감	『현대시학』
1970. 10. 25.	파스텔의 질감—임성숙 시집 『우수의 뜨락』을 읽고	대전일보
1970.	유리컵 속의 양파	충대신문
1971. 5.	물쑥—박목월 선생님께	『월간문학』
1971. 9.	호박잎에 모이는 빗소리 1—나루터	『현대시학』
1971. 10.	호박잎에 모이는 빗소리 2—풍금 소리	『현대시학』
1971. 11.	호박잎에 모이는 빗소리 3—홍래 누님	『현대시학』
1971. 12.	호박잎에 모이는 빗소리 4—대추알	『현대시학』
1972. 1.	호박잎에 모이는 빗소리 5—노적가리	『현대시학』
1972. 2.	호박잎에 모이는 빗소리 6—살무사	『현대시학』
1972. 3.	호박잎에 모이는 빗소리 7—장갑	『현대시학』
1972. 4.	호박잎에 모이는 빗소리 8—모교	『현대시학』
1972. 5.	호박잎에 모이는 빗소리 9—목탄차	『현대시학』
1972. 5	벼이삭을 줍듯이—나의 시적 편력	『시문학』
1972. 6.	호박잎에 모이는 빗소리 10—봇물	『현대시학』
1973. 4.	시의 제1 행을 어떻게 쓰는가	『현대시학』
1973. 5.	차일(遮日)의 봄—시와 산문	『문학사상』
1973. 10.	눈물을 아껴야지—상호 데생, 최원규	『현대문학』

1974. 4.	시의 마무리를 어떻게 하는가	『현대시학』
1974. 5.	수맥(水脈)—나의 시, 나의 메모	『심상』
1974. 7.	상처 속의 미(美)—무엇을 쓰고 있는가?	『한국문학』
1975. 1.	잠 못 이루는 밤의 시—겨울밤, 모일(某日), 서산(西山)	『현대시학』
1975. 10.	선비 기질의 풍류 음식	『월간중앙』
1976. 6.	강아지풀—가장 사랑하는 한마디의 말	『문학사상』
1976. 7.	호박잎에 모이는 빗소리—휘파람 · 가마 · 독백 · 초록 비	『문학사상』
1976. 8.	호박잎에 모이는 빗소리—소리 · 파문	『문학사상』
1976. 8.	구름 같은 우울—탈고 그 순간	『현대시학』
1976. 9.	호박잎에 모이는 빗소리—염소 · 해바라기	『문학사상』
1976. 10.	호박잎에 모이는 빗소리—풍선의 바다	『문학사상』
1976. 11.	호박잎에 모이는 빗소리—여치	『문학사상』
1976. 12.	호박잎에 모이는 빗소리—그림 없는 액자	『문학사상』
1976.	장미의 시	출처 미상 신문
1977. 3.	벗어라, 옷을 벗어라—나는 왜 문학을 선택했는가	『한국문학』
1977. 4.	ㄷㄷ 사잣더니—탈춤이 주는 문학적 모티브	『문학사상』
1977. 5.	운명의 리듬—문학에 눈뜬 최초의 순간	『문학사상』
1977. 여름	소하산책(銷夏散策)	충남일보
1977. 8	민들레 한 송이에도—전원에 산다	『월간 세대』
1977. 11.	당신에게—나의 시의 불만은 무엇인가	『현대시학』
1978. 4.	백지와의 대화—왜 시를 쓰는가	『현대시학』
1978. 5.	노랑나비 한 마리 보았습니다 목월 선생님 산으로 가시던 날	『심상』
1978. 7.	오류동 산고(散藁)—체험적 시론	『심상』
1978. 11.	흰 고무신, 흰 저고리—이 한 편의 시	『한국문학』
1978. 11.	'홍래 누님'의 정한의 시—내가 즐겨 부르는 노래	『엘레강스』

1979. 봄	가까이 있는 진정한 아름다움	『문예중앙』
1979. 9. 4.	가을에 생각한다	서울신문
1979. 10.	산호잠(珊瑚簪)—문학, 문학인	『한국문학』
1979. 10.	작가의 일일	『한국문학』
1980. 2.	반의반쯤만 창틀을 열고—문학적 자전	『문학사상』
1980. 5.	술래의 봄 앞에서—한 시인의 죽음 앞에	『엘레강스』
1980. 8.	호박꽃 물든 노을—추억 속의 외갓집 여름 풍경	『여고시대』

* 「유리컵 속의 양파」「장미의 시」「소하산책」은 박용래의 유족이 소장하고 있는 사본의 출처와 발행월일을 확인하기 어려워 서지사항이 불완전하다.

박용래 연보

1925년(1세) 2월 6일(음력 1월 14일) 충남 논산군 강경읍 본정(현 홍교리) 78번지에서 아버지 박원태朴元泰와 어머니 김정자金正子 사이의 4남 2녀(봉래鳳來, 학래鶴來, 홍래鴻來, 붕래鵬來, 용래龍來, 상래象來) 중 막내 쌍둥이의 형으로 태어남. 쌍둥이 동생 상래는 그해 11월 2일에 사망했으며 넷째 붕래는 박용래가 태어나기 전인 1923년 6월 11일에 사망함. 부모와 형제자매의 출생지는 부여군 부여면 관북리 70번지임. (제적등본에는 그의 생년월일이 1925년 8월 15일로 기록되어 있는데 이는 출생신고일임.)

1933년(9세) 강경공립보통학교 입학. 3, 4, 5학년 때 급장을 맡았으며, 글짓기 대회에서 여러 차례 수상함. 보통학교 재학중 첫째 봉래의 일본 유학비와 둘째 학래의 치료비로 가세가 기울어 강경의 옥녀봉 기슭으로 이사함.

1939년(15세) 보통학교 졸업. 강경상업학교 입학. 1, 2학년 때는 학업 성적이 전체 1등이었고, 통솔력도 뛰어나 4, 5학년 때 학교 부급장을 맡고 대대장 역할을 수행하기도 했으며, '경기반競技班'과 '상미반商美班' 반장으로 활동하는 등 운동과 미술에도 뛰어난 기량을 보임.

1940년(16세) 박용래를 어머니처럼 보살펴주었던 열 살 터울의 홍래 누이가 3월에 출가해 12월 산후출혈로 사망함. 이 충격으로 감상적 성격을 지니게 되고, 홍래 누이의 죽음이 평생의 시적 원천으로 자리하게 됨.

1943년(19세) 강경상업학교 졸업. 조선은행 군산 지점에서 면접을 본 후 입행.

1944년(20세) 1월 10일 조선은행 경성 본점에서 근무 시작. 일본인으로 가득한 은행 본점에서 극심한 외로움을 겪고, 돈을 다루는 일이 자신과 맞지 않음을 절감함. 현금 수송을 위해 목단강행 열차를 타고 청진으로 가면서 난생처음 본 북방의 눈과 열차 안의 유이민의 모습이 가슴에 크게 각인됨. 5월 1일 조선은행 대전 지점이 신설되자 서울을 벗어나 자연 곁에서 지내고 싶어 전근을 자원함.

1945년(21세) 일제의 개정 병역법에 따라 징병검사를 받고 7월 초에 징집됨. 한 달 남짓 일제의 사역병 노릇을 하다 8월 15일 용산역에서 해방을 맞음.

1946년(22세) 대전의 정훈 시인이 주도한 향토시가회에 합류하여 시 모임을 가지면서 정훈, 박희선과 함께 『동백柊柏』지를 창간하고 시 「6월六月 노래」와 「새벽」을 발표함. 동래에 거주하는 김소운 선생 댁을 방문하여 문학에 대한 열망을 피력함.

1947년(23세) 조선은행을 사직함. 대전에 용무차 내려온 박목월을 만나 문학 이야기를 들으며 시인의 길을 걸을 것을 다짐함.

1948년(24세) 대전 계룡학관(호서중학교) 교사로 근무.

1950년(26세) 1월 충청남도 국민학교 교사 채용시험 합격. 6·25전쟁이 발발하여 논산으로 피신함.

1952년(28세) 『호서문학』 창간 회원으로 참여함.

1953년(29세) 서울에 있는 출판사인 창조사의 편집부에서 근무. 11월에 부친이, 12월에 모친이 온양에서 사망함.

1954년(30세) 4월 대전 덕소철도학교 국어 교사로 취임.

1955년(31세) 1월 중학교 국어과 준교사 자격증 취득. 『현대문학』 6월호에 「가을의 노래」로 1회 추천을 받음. 문우인 원영한 시인의 소개로 12월 24일 대전 출신의 간호사 이태준李台俊과 결혼해 대전 보문산 기슭의 대사동에서 신혼생활을 시작함.

1956년(32세) 『현대문학』 1월호에 「황토黃土길」이, 4월호에 「땅」이 박두진 시인에 의해 추천되어 문단에 오름. 대전 덕소중학교(덕소철도학교에서 개명) 교사 사임. 대사동에서 용두동으로 이사.

1957년(33세) 장녀 노아魯雅 출생.

1959년(35세) 차녀 연燕 출생.

1961년(37세) 6월 대전 한밭중학교 상업 담당 교사로 취임, 8월 사임. 11월 당진 송악중학교 국어 담당 교사로 취임. 삼녀 수명水明 출생. 제5회 충청남도문화상 문학 부문 수상.

1962년(38세) 송악중학교 교사 사임.

1963년(39세) 대전시 중구 오류동 17-15번지로 이사. 택호를 청시사靑枾舍로 지은 이곳에서 생을 마칠 때까지 거주하며 숱한 작품을 창작함.

1966년(42세) 사녀 진아眞雅 출생.

1968년(44세) 차녀 박연의 그림이 초등학교 5, 6학년 미술 교과서에 실리게 되어 자신의 그림 소질이 둘째에게 전해진 것을 확인하고 매우 기뻐함.

1969년(45세) 6월 첫 시집 『싸락눈』 간행.

1970년(46세) 제1회 현대시학작품상 수상.

1971년(47세) 『현대시학』 9월호부터 이듬해 6월호까지 산문 「호박잎에 모이는 빗소리」 연재. 10월 한성기, 임강빈, 최원규, 조남규, 홍희표 등 대전의 시인들과 함께 공동시집 『청와집』을 출간함. 장남 노성魯城 출생.

1973년(49세) 대전북중학교 교사로 취임하여 4개월가량 근무하다 고혈압 증세가 악화되어 퇴사. 『현대시학』 신인 추천 심사위원으로 위촉.

1974년(50세) 한국문인협회 충남 지부장에 피선.

1975년(51세) 두번째 시집 『강아지풀』 간행.

1976년(52세) 『문학사상』 7월호부터 12월호까지 산문 「호박잎에 모이는 빗소리」 연재를 이어감. 일본 도주샤冬樹社에서 간행된 『현대한국문학선집』에 「눈」 「코스모스」 「울타리 밖」 「추일秋日」 「별리別離」 「소나기」 「솔개 그림자」 일곱 편이 일역되어 실림.

1979년(55세) 세번째 시집 『백발의 꽃대궁』 간행.

1980년(56세) 7월 교통사고로 2개월간 입원 치료. 10월 장녀 노아 결혼. 11월 21일 심장마비로 자택에서 별세. 11월 23일 충남문인협회장으로 영결식 거행. 충남 대덕군 산내면 삼괴리 천주교 공원묘지에 안치. 12월 제7회 한국문학작가상 수상.

박용래
1925년 충청남도 강경에서 태어나 강경상업학교를 졸업하고 조선은행에 입사했다. 1946년 정훈, 박희선과 함께 『동백』지를 창간했으며, 1947년 조선은행을 사직하고 시쓰기에 전념했다. 1955년 『현대문학』 6월호에 「가을의 노래」, 1956년 1월호와 4월호에 「황토길」과 「땅」이 박두진 시인에 의해 추천되어 시단에 나왔다. 1969년 첫 시집 『싸락눈』을 간행하고 이듬해 제1회 현대시학작품상을 수상했으며, 1975년 두번째 시집 『강아지풀』, 1979년 세번째 시집 『백발의 꽃대궁』을 펴냈다. 1980년 11월 심장마비로 별세했다. 사후에 제7회 한국문학작가상을 수상했다.

고형진
고려대 국어교육과와 동대학원 국문학과를 졸업했다. UC 버클리 객원교수를 지냈고, 현재 고려대 국어교육과 교수로 재직중이다. 저서로 『시인의 샘』 『현대시의 서사지향성과 미적 구조』 『또 하나의 실재』 『백석 시 바로 읽기』 『백석 시를 읽는다는 것』 『백석 시의 물명고』 등이, 엮은 책으로 『정본 백석 시집』 『정본 백석 소설·수필』이 있다. 2001년 김달진문학상을 수상했다.

박용래 산문전집

초판인쇄 2022년 11월 15일
초판발행 2022년 11월 30일

지은이 박용래 | 엮은이 고형진
책임편집 이상술
디자인 엄자영 유현아
마케팅 정민호 이숙재 박치우 한민아 이민경 안남영 왕지경 김수현 정경주
브랜딩 함유지 함근아 김희숙 고보미 박민재 박진희 정승민
제작 강신은 김동욱 임현식 | 제작처 천광인쇄사(인쇄) 신안문화사(제본)

펴낸곳 (주)문학동네 | 펴낸이 김소영
출판등록 1993년 10월 22일 제2003-000045호
주소 10881 경기도 파주시 회동길 210
전자우편 editor@munhak.com | 대표전화 031) 955-8888 | 팩스 031) 955-8855
문의전화 031) 955-3578(마케팅) 031) 955-8864(편집)
문학동네카페 http://cafe.naver.com/mhdn
인스타그램 @munhakdongne | 트위터 @munhakdongne
북클럽문학동네 http://bookclubmunhak.com

ISBN 978-89-546-8993-9 03810

잘못된 책은 구입하신 서점에서 교환해드립니다.
기타 교환 문의: 031) 955-2661, 3580

www.munhak.com